U0137454

小说家的散文

宗璞 著

扔掉名字

河南文艺出版社
·郑州·

作者简介

　　宗璞，原名冯钟璞。作家。一九二八年生于北平，一九三八年随母赴昆明。一九四六年毕业于西南联大附中，一九五一年毕业于清华大学外文系。曾在《文艺报》和《世界文学》任编辑。著有中短篇小说、散文、童话、诗歌等多种作品，曾获全国优秀短篇小说奖、中篇小说奖；创作完成以抗日战争时期西南联大生活为背景的百万字史诗性长篇小说《野葫芦引》（《南渡记》《东藏记》《西征记》《北归记》《接引葫芦》），其中《东藏记》获得第六届茅盾文学奖。现已编成《宗璞文集》十卷。

目录

辑一

3

紫藤萝瀑布

6

丁香结

8

松侣

12

好一朵木槿花

15

秋韵

18

二十四番花信

21

报秋

24

送春

28

冬至

30

西湖漫笔

34

墨城红月

38

三峡散记

45

养马岛日出

47

三千里地九霄云

53

我爱燕园

57

燕园树寻

辑二

65

酒和方便面

70

风庐茶事

74

从"粥疗"说起

78

星期三的晚餐

84

猫冢

89

萤火

94

京西小巷槐树街

97

风庐乐忆

101

客有可人

107

药杯里的莫扎特

111

下放追记

116

一九六六年夏秋之交的某一天

124

从近视眼到远视眼

129

告别阅读

134

扔掉名字

137

铁箫声幽

144

云在青天

辑三

153

长寿老人

156

心的嘱托

160

花朝节的纪念

169

哭小弟

176

怎得长相依聚
——蔡仲德三周年祭

183

水仙辞

188

在曹禺墓前

193

大哉韦君宜

195

应该说的话

198

他的"迹"和"所以迹"
——为冯友兰先生一百一十年冥寿作

204

漫记西南联大和冯友兰先生

辑四

219

没有名字的墓碑
——关于济慈

224

写故事人的故事

——访勃朗特姊妹故居

231

看不见的光

——弥尔顿故居及其他

236

他的心在荒原

——关于托马斯·哈代

辑五

247

恨书

251

卖书

255

乐书

259

有感于鲜花重放

261

《野葫芦引》后记五篇

辑一

紫藤萝瀑布

我不由得停住了脚步。

从未见过开得这样盛的藤萝,只见一片辉煌的淡紫色,像一条瀑布,从空中垂下,不见其发端,也不见其终极,只是深深浅浅的紫,仿佛在流动,在欢笑,在不停地生长。紫色的大条幅上,泛着点点银光,就像迸溅的水花。仔细看时,才知那是每一朵紫花中最浅淡的部分,在和阳光互相挑逗。

这里春红已谢,没有赏花的人群,也没有蜂围蝶阵。有的就是这一树闪光的、盛开的藤萝。花朵儿一串挨着一串,一朵接着一朵,彼此推着挤着,好不活泼热闹!

"我在开花!"它们在笑。

"我在开花!"它们嚷嚷。

每一穗花都是上面的盛开、下面的待放。颜色便上浅下深,好像那紫色沉淀下来了,沉淀在最嫩最小的花苞里。每一朵盛开的花像是一个张满了的小小的帆,帆下带着尖底的船,船舱鼓鼓的;又像一个忍俊不禁的笑容,就要绽开似的。那里装的是什么仙露琼浆?我凑上去,想摘一朵。

但是我没有摘。我没有摘花的习惯。我只是伫立凝望,觉得这一条紫藤萝瀑布不只在我眼前,也在我心上缓缓流过。流着流着,它带走了这些时一直压在我心上的关于生死的疑惑,关于疾病的痛楚。我浸在这繁密的花朵的光辉中,别的一切暂时都不存在,有的只是精神的宁静和生的喜悦。

这里除了光彩,还有淡淡的芳香,香气似乎也是浅紫色的,梦幻一般轻轻地笼罩着我。忽然记起十多年前家门外也曾有过一大株紫藤萝,它依傍着一株枯槐,爬得很高,但花朵从来都稀落,东一穗西一串伶仃地挂在树梢,好像在察言观色,试探什么,后来索性连那稀零的花串也没有了。园中别的紫藤花架也都拆掉,改种了果树。那时的说法是,花和生活腐化有什么必然关系。我曾遗憾地想:这里再看不见藤萝花了。

过了这么多年,藤萝又开花了,而且开得这样盛,这样密,紫色的瀑布遮住了粗壮的盘虬卧龙般的枝干,不断地流着,流着,流向人的心底。

花和人都会遇到各种各样的不幸,但是生命的长河是无止境的。我抚摸了一下那小小的紫色的花舱,那里满装生命的酒酿,它张满了帆,在这闪光的花的河流上航行。它是万花中的一朵,也正是由每一个一朵,组成了万花灿烂的流动的瀑布。

在这浅紫色的光辉和浅紫色的芳香中,我不觉加快了脚步。

一九八二年五月六日

丁香结

今年的丁香花似乎开得格外茂盛，城里城外，都是一样。城里街旁，尘土纷嚣之间，忽然呈出两片雪白，顿使人眼前一亮，再仔细看，才知是两行丁香花。有的宅院里探出半树银装，星星般的小花缀满枝头，从墙上窥着行人，惹得人走过了，还要回头望。

城外校园里丁香更多。最好的是图书馆北面的丁香三角地，种有十数棵白丁香和紫丁香。月光下，白的潇洒，紫的朦胧，还有淡淡的幽雅的甜香，非桂非兰，在夜色中也能让人分辨出，这是丁香。

在我断续住了近三十年的斗室外，有三棵白丁香。每到春来，伏案时抬头便看见檐前积雪。雪色映进窗来，香气直透毫端。人也似乎轻灵得多，不那么浑浊笨拙了。从外面回来时，最先映入眼帘的，也是那一片莹白，白下面透出参差的绿，然后才见那两扇红窗。我经历过的春光，几乎都是和这几树丁香联系在一起的。那十字小白花，那样小，却不显得单薄。许多小花形成一簇，许多簇花开满一树，遮掩着我的窗，照耀着我的文思和梦想。

古人诗云："芭蕉不展丁香结""丁香空结雨中愁"。在细雨迷蒙中，着了水滴的丁香格外妩媚。花墙边两株紫色的，如同印象派的画，线条模糊了，直向窗前的莹白渗过来。让人觉得，丁香确实该和微雨连在一起。

只是赏过这么多年的丁香，却一直不解，何以古人发明了丁香结的说法。今年一次春雨，久立窗前，望着斜伸过来的丁香枝条上一柄花蕾。小小的花苞圆圆的，鼓鼓的，恰如衣襟上的盘花扣。我才恍然，果然是丁香结！

丁香结，这三个字给人许多想象。再联想到那些诗句，真觉得它们负担着解不开的愁怨了。每个人一辈子都有许多不顺心的事，一件完了一件又来。所以丁香结年年都有。结，是解不完的，人生中的问题也是解不完的，不然，岂不是太平淡无味了么？

小文成后一直搁置，转眼春光已逝。要看满城丁香，须待来年了。来年又有新的结待人去解——谁知道是否解得开呢？

一九八五年清明至冬至

7

松侣

一位朋友曾说她从未注意过木槿花是什么样儿，我答应院中木槿花开时，邀她来看。

这株木槿原在窗前，为了争得光线，春末夏初时我把它移到篱边。它很挣扎了一阵，活下来了，可是秋初着花时节，一朵未见。偶见大图书馆前两排木槿，开着紫、白、红各色的花朵，便想通知朋友，到那里观看。不知有什么事，一天天因循，未打电话。过了些时，偶然走过图书馆，却见两排绿树，花朵已全落尽了。一路很是怅然，似乎不只失信于朋友，也失信于木槿花。又因木槿花每一朵本是朝开夕谢的，不免伤时光之不再，联想到自己的疾病，不知还有几多日子。

回到家里，站在院中三棵松树之间，那点脆弱的感怀忽然消失了，我感到镇定平静。三松中的两棵高大稳重，一株直指天空，另一株过房顶后做九十度折角，形貌别致，都似很有魅力，可以倚靠。第三棵不高,枝条平伸做伞状,使人感到亲切。它们似乎说,好了,不要小资情调了,有我们呢。

它们当然是不同的。它们不落叶,无论冬夏,常给人绿色的遮蔽。那绿色十分古拙,不像有些绿色的鲜亮活跳。它们也是有花的,但不显著,最后结成松塔掉下来,带给人的是成熟的喜悦,而不是凋谢的惆怅。它们永远散发着清净的气息,使得人也清爽,据说像负离子发生器一样,有着实实在在的医疗作用。

更何况三松和我的父亲是永远分不开的。我的父亲晚年将这住宅命名为"三松堂"。"庭中有三松,抚而盘桓,较渊明犹多其二焉"(《三松堂自序》自序)。寄意深远,可以揣摩。我站在三松之下感到安心,大概因为同时也感到父亲的思想、父亲的影响和那三松的华盖一样,仍在荫蔽着我。

父母在堂时,每逢节日,家里总是很热闹。七十年代末,放鞭炮之风还未盛,我家得风气之先,不只放鞭炮,还要放花,一道道彩光腾空而起,煞是好看。这时大家又笑又叫,少年人持着竹竿,孩子们躲在大人身后探出个小脑袋,放花放炮的乐趣就在此了。放了几年,家里人愈来愈少了,剩下的人还坚持这一节目。有一次一个闪光雷放上去,其中一些纸燃烧着落在松树顶上,一枝松针马上烧起来,幸亏比较靠边,往上泼水还能泼到,及时扑灭了。浇水的人和树一样,也成了落汤鸡。以后因子侄辈纠缠,也还放了两年。再以后,没有高堂可娱,青年人又都各奔前程,几乎走光,三松堂前便再没有节日的喧闹。

这一切变迁,三松和院子中的竹子、丁香、藤萝、月季和玉簪都曾亲见。其中松树无疑是祖字辈的,阅历最多,感怀最深,却似乎最无话说。只是常绿常香,默默地立在那里,让人觉得,累了时它总是可以靠一靠的。

这三棵松树似是家中的一员,是亲人,是长辈。燕园中还有许许多多松柏枞桧这类的树,便是我的好友了。

在第二体育馆之北,六座中西合璧的庭院之间,有一片用松墙围起来的园子,名为静园。这里原来是没有墙的,有的是草地、假山和又宽又长的藤萝架。"文革"中,这些花草因有不事生产的罪名,全被铲除,换上了有出息的果树,又怕人偷果子,乃围以松墙。我对这一措施素不以为然,静园也很少去。

这两年,每天清晨坚持散步,据说这是我性命攸关的大事,未敢少懈。散步的路径,总寻找松柏之处,静园外超过千步的松墙边便成为好地方。一到墙边,先觉清气扑人,一路走下去,觉得全身的血液都换过了。

临湖轩前有一处三角地,也围着松墙。其中一段路两边皆松,成为夹道。那松的气息,更是向每个毛孔渗来。一次雨后走过夹道,见树顶上一片云气蒸腾,树枝上挂满亮晶晶的水珠,蜘蛛网也成了彩色的璎珞,最主要的是那气息,清到浓重的地步,劈头盖脸将人包裹住了。这时便想,若不能健康地活下去,实在愧对造化的安排。

　　走出夹道不远,有一处小松林,有白皮松、油松等,空气自然是好的。我走过时,总见六七位老太太在一起做操,一面拍拍打打,一面大声谈家常。譬如昨天谁的媳妇做的饭,谁的孙子念的什么书。松树也不嫌聒噪,只管静静地施行负离子疗法。

　　中国文学中一直推崇松的品格,关于松的吟咏很多。松树的不畏岁寒,正可视为不阿时不媚俗的一种节气。这是"士"应有的精神境界,所以都愿意以松为友。白居易《庭松》诗云:"疏韵秋瑟瑟,凉荫夏萋萋。春深微雨夕,满叶珠蓑蓑。岁暮大雪天,压枝玉皑皑。四时各有趣,万木非其侪……即此是益友,岂必须贤才。顾我犹俗士,冠带走尘埃。未称为松主,时时一愧怀。"最后两句用松之德要求自己,勉励自己,要够格做松的主人。松不只给人安慰,给人健康,还在道德上引人向上。世之益友,又有几人能做到呢?

　　自然界中,能为友侣的当然不止松柏一类。虽木槿之短暂,也有它的作用与位置。人若能时时亲近大自然,会较容易记住自己的本色。嵇康有诗云:"目送归鸿,手挥五弦。俯仰自得,游心太玄。"纵然手不能举足不能抬,纵然头上悬着疾病的利剑,我们也能在自己的位置上俯仰自得,不是吗?

　　　　　　　　　　　　　　　一九九三年九月下旬

好一朵木槿花

又是一年秋来，洁白的玉簪花挟着凉意，先透出冰雪的消息。美人蕉也在这时开放了，红的黄的花，耸立在阔大的绿叶上，一点不在乎秋的肃杀。以前我有"美人蕉不美"的说法，现在很想收回。接下来该是紫薇和木槿。在我家这以草为主的小园中，它们是外来户。偶然得来的枝条，偶然插入土中，它们就偶然地生长起来。紫薇似娇气些，始终未见花。木槿则已两度花发了。

木槿以前给我的印象是平庸。"文革"中许多花木惨遭摧残，它却得全性命，陪伴着显赫一时的文冠果，免得那钦定植物太孤单。据说原因是它的花可食用，大概总比草根树皮好些吧。学生浴室边的路上，两行树挺立着，花开有紫、红、白等色，我从未仔细看过。

近两年木槿在这小园中两度花发，不同凡响。

前年秋至，我家刚从死别的悲痛中缓过气来不久，又面临了少年人的生之困惑。我们不知道下一分钟会发生什么事,陷入极端惶恐中。我在坐立不安时,只好到草园踱步。那时园中荒草没膝,除了我们的基本队伍亲爱的玉簪花外,只有两树忍冬,结了小红果子,玛瑙扣子似的,一簇簇挂着。我没有指望还能看见别的什么颜色。

忽然在绿草间,闪出一点紫色,亮亮的,轻轻的,在眼前转了几转。我忙拨开草丛走过去,见一朵紫色的花缀在不高的绿枝上。

这是木槿。木槿开花了,而且是紫色的。

木槿花的三种颜色,以紫色最好。那红色极不正,好像颜料没有调好;白色的花,有老伙伴玉簪已经够了。最愿见到的是紫色的,好和早春的二月兰、初夏的藤萝相呼应,让紫色的幻想充满在小园中,让风吹走悲伤,让梦留着。

惊喜之余,我小心地除去它周围的杂草,做出一个浅坑,浇上水。水很快渗下去了。一阵风过,草面漾出绿色的波浪,薄如蝉翼的娇嫩的紫花在一片绿波中歪着头,带点调皮,却丝毫不知道自己显得很奇特。

去年,月圆过四五次后,几经洗劫的小园又一次遭受磨难。园旁小兴土木,盖一座大有用途的小楼。泥土、砖块、钢筋、木条全堆在园里,像是凌乱地长出一座座小山,把植物全压在底下。我已习惯了这类景象,知道毁去了以后,总会有新的开始,尽管等的时间会很长。

没想到秋来时，一次走在这崎岖山路上，忽见土山一侧，透过砖块钢筋伸出几条绿枝，绿枝上，一朵紫色的花正在颤颤地开放！

我的心也震颤起来，一种悲壮的感觉攫住了我。土埋大半截了，还开花！

土埋大半截了，还开花！

我跨过障碍，走近去看这朵从重压下挣扎出来的花。仍是娇嫩的薄如蝉翼的花瓣，略有皱褶，似乎在花蒂处有一根带子束住，却又舒展自得，它不觉环境的艰难，更不觉自己的奇特。

忽然觉得这是一朵童话中的花，拿着它，任何愿望都会实现，因为持有的是面对一切苦难的勇气。

紫色的流光抛洒开来，笼罩了凌乱的工地。那朵花冉冉升起，倚着明亮的紫霞，微笑地俯看着我。

今年果然又有一个开始。小园经过整治，不再以草为主，所以有了对美人蕉的新认识。那株木槿高了许多，枝繁叶茂，但是重阳已届，仍不见花。

我常在它身旁徘徊，期待着震撼了我的那朵花。

它不再来。

即使再有花开，也不是去年的那一朵了。也许需要纪念碑，纪念那逝去了的，昔日的悲壮？

一九八八年重阳

14

秋韵

京华秋色,最先想到的总是香山红叶。曾记得满山如火如荼的壮观,在太阳下,那红色似乎在跳动,像火焰一样。二三友人,骑着小驴,笑语与嘚嘚蹄声相和,循着弯曲小道,在山里穿行。秋的丰富和幽静调和得匀匀的,向每个毛孔渗进来。后来驴没有了,路平坦得多了,可以痛快地一直走到半山。如果走的是双清这一边,一段山路后,上几个陡台阶,眼前会出现大片金黄,那是几棵大树,现在想来,也许是银杏罢。满树茂密的叶子都黄透了,从树梢披散到地,黄得那样滋润,好像把秋天的丰收集聚在那里了,让人觉得,这才是秋天的基调。

今年秋到香山,人也到香山。满路车辆与行人,如同电影散场,或要举行大规模代表会。只好改道万安山,去寻秋意。山麓有一片黄栌,不甚茂密。法海寺废墟前石阶两旁,有两片暗红,也很寥落。废墟上有顺治年间的残碑,镌有"不得砍伐,不得放牧"

的字样。乱草丛中,断石横卧,枯树枝头,露出灰蓝的天和不甚明亮的太阳。这似乎很有秋天的萧索气象了,然而,这不是我要寻找的秋的韵致。

有人说,该到圆明园去,西洋楼西北的一片树林,这时大概正染着红黄两种富丽的颜色。可对我来说,不断地寻秋是太奢侈了,不能支出这时间,且待来年罢。家人说:来年人更多,你骑车的本领更差,也还是无由寻到的。那就待来生罢,我说。大家一笑。

其实,我是注意今世的。清晨照例的散步,便是为了寻健康,没有什么浪漫色彩。这一天,秋已深了,披着斜风细雨,照例走到临湖轩下小湖旁,忽然觉得景色这般奇妙,似乎我从未来到过这里。

小湖南面有一座小山,山与湖之间是一排高大的银杏树。几天不见,竟变成一座金黄屏障,遮住了山,映进了水。扇形叶子落了一地,铺满了绕湖的小径,似乎这金黄屏障向四周渗透,无限地扩大了。循路走去,湖东侧一片鲜红跳进眼帘:这样耀眼的红叶!不是黄栌,黄栌的红较暗;不是枫叶,枫叶的红较深。这红叶着了雨,远看鲜亮极了,近看时,是对称的长形叶子,地下也有不少,成了薄薄一层红毡。在小片鲜红和高大的金屏障之间,还有深浅不同的绿、深浅不同的褐、棕等丰富的颜色,环抱着澄明的秋水。冷冷的几滴秋雨,更给整个景色添了几分朦胧,似乎除了眼前的一切,还有别的蕴藏。

这是我要寻的秋的韵致了么？秋天是有成绩的人生,绚烂多彩而肃穆庄严,似朦胧而实清明,充满了大彻大悟的味道。

秋去冬来之时,意外地收到一份讣告,是父亲的一位哲学友人故去了。讣告上除生卒年月外,只有一首遗诗。译出来是这等模样:

　　不要推却友爱

　　不要延迟欢乐

　　现在不悟

　　便永迷惑

　　在这里

　　一切都有了着落

我要寻找的秋韵,原来便在现在,在这里,在心头。

一九八五年十一月十九日

二十四番花信

今年春来早，繁忙的花事也提早开始，较常年约早一个节气。没有乍暖还寒，没有春寒料峭。一天，在钟亭小山下散步，忽见，乾隆御碑旁边那树桃花已经盛开。我常说桃花冒着春寒开放很是勇敢，今年开得轻易，不需要很大勇气，只是衬着背后光秃的土山，还可以显出它是报春的先行者。

迎春、连翘争相开花，黄灿灿的一片。我很长时期弄不清这两种植物的区别，常常张冠李戴，未免有些烦恼，也曾在别的文章里写过。最近终于弄清，迎春的枝条呈拱形，有角棱，连翘的枝条中空。原以为我家月洞门的黄花是迎春，其实是连翘，有仲折来的中空的枝条为证。

报春少不了二月兰。今年二月兰又逢大年，各家园子里都是一大片紫色的地毯。它们有一种淡淡的香气，显然是野花的香气。去冬，往病房送过一株风信子，也是这样的气味。

榆叶梅跟着开了,附近的几株都是我们的朋友,哪一株大,哪一株小,哪一株颜色深,哪一株颜色浅,我们都再熟悉不过。园边一排树中,有一株很高大,花的颜色也深,原来不求甚解地以为它是榆叶梅中的一种。今年才知道,这是一棵朱砂碧桃。"天上碧桃和露种",当然是名贵的,它若知我一直把它看作榆叶梅,可能会大大的不高兴。

紧接着便是那若有若无的幽香提醒着丁香上场了。窗前的一株已伴我四十余年。以前伏案写作时,只觉香气直透毫端,花墙边的一株是我手植,现在已高过花墙许多。几树丁香都不是往年那种微雨中淡淡的情调,而是尽情地开放,满树雪白的花,简直是光华夺目。我已不再持毫,缠绕我的是病痛和焦虑,幸有这光亮和香气,透过黑夜,沁进窗来,稍稍抚慰着我不安的梦。

我为病所拘,只能就近寻春,以为看不到玉兰和海棠了。不想,旧地质楼前忽见一株海棠正在怒放,迎着我们的漫步。燕园本来有好几株大海棠,不知它们犯了何罪,"文革"中统统被砍去,现在这一株大概是后来补种的。海棠的花最当得起"花团锦簇"这几个字。东坡诗句"只恐夜深花睡去,故烧高烛照红妆",照的就是海棠。海棠虽美,只是无香,古人认为这是一大憾事。若是无香要扣分,花的美貌也可以平均过来了。再想想,世事怎能都那么圆满。

又一天,走到临湖轩,见那高松墙变成了短绿篱,门开着,便走进去,晴空中见一根光亮的蛛丝在袅动,忽然想起《牡丹亭》中那句"袅晴思,吹来闲庭院,摇漾春如线"。这句子可怎么翻译,我多管闲事地发愁。上了台阶,本来是空空的庭院,现在觉得眼睛里很满,原来是两株高大的玉兰,不知何时种的。玉兰正在开花,虽已过了最盛期,仍是满树雪白。那白花和丁香不同,显得凝重得多。地下片片落花也各有姿态,我们看了树上的花,又把脚下的花看了片刻。

蔡元培像旁有一株树,叶子是红的,我们叫它红叶李。从临湖轩出来走到这里,忽见它也是满树的花。又过了两天,再去寻时,已经一朵花也看不见了。真令人诧异不止。

"我一生儿,爱好是天然。"花朵怎能老在枝头呢,万物消长是大自然的规律。

柳絮开始乱扑人面。我和仲走在小路上,踏着春光,小心翼翼的,珍惜的。不知何时,那棵朱砂碧桃的满树繁花也已谢尽,枝条空空的,连地上也不见花瓣。别的花也会跟着退场的。有上场,有退场,人,也是一样。

二〇〇二年春末

报秋

似乎刚过完了春节,什么都还来不及干呢,已是长夏天气,让人懒洋洋的像只猫。一家人夏衣尚未打点好,猛然间玉簪花那雪白的圆鼓鼓的棒槌,从拥挤着的宽大的绿叶中探出头来。我先是一惊,随即怅然。这花一开,没几天便是立秋。以后便是处暑便是白露便是秋分便是寒露,过了霜降,便立冬了。真真的怎么得了!

一朵花苞钻出来,一个柄上的好几朵都跟上。花苞很有精神,越长越长,成为玉簪花模样。开放都在晚间,一朵持续一昼夜。六片清雅修长的花瓣围着花蕊,当中的一株顶着一点嫩黄,颤颤地望着自己雪白的小窝。

这花的生命力极强,随便种种,总会活的。不挑地方,不拣土壤,而且特别喜欢背阴处,把阳光让给别人,很是谦让。据说花瓣可以入药。还有人来讨那叶子,要捣烂了治脚气。我说它是生活上向下比，工作上向上比，算是一种玉簪花精神罢。

我喜欢花，却没有侍弄花的闲情。因有自知之明，不敢邀名花居留，只有时要点草花种种。有一种太阳花，又名"死不了"，开时五色缤纷，杂在草间很好看。种了几次，都不成功。"连'死不了'都种死了"，我们常这样自嘲。

玉簪花却不同，从不要人照料，只管自己蓬勃生长。往后院月洞门小径的两旁，随便移栽了几个嫩芽，次年便有绿叶白花，点缀着夏末秋初的景致。我的房门外有一小块地，原有两行花，现已形成一片，绿油油的，完全遮住了地面。在晨光熹微或暮色朦胧中，一柄柄白花擎起，隐约如绿波上的白帆，不知驶向何方。有些植物的繁茂枝叶中，会藏着一些小活物，吓人一跳。玉簪花下却总是干净的，可能因气味的缘故，不容虫豸近身。

花开到十几朵，满院便飘着芳香。不是丁香的幽香，不是桂花的甜香，也不是荷花的那种清香。它的香比较强，似乎有点醒脑的作用。采几朵放在养石子的水盆中，房间里便也飘散着香气，让人减少几分懒洋洋，让人心里警惕着：秋来了。

秋是收获的季节，我却两手空空。一年两年过去了，总是在不安和焦虑中。怪谁呢，很难回答。

久居异乡的兄长，业余喜好诗词。前天寄来南宋词人朱敦儒的那首《西江月》。原文是：

日日深杯酒满，朝朝小圃花开。自歌自舞自开怀，且喜无拘无碍。

　　青史几番春梦,黄泉多少奇才。不须计较与安排,领取
　　而今现在。

若照他译的英文再译回来,最后一句是认命的意思。这意思
有,但似不够完全,我把"领取而今现在"一句反复吟哦,觉得这是
一种悠然自得的境界。其实不必深杯酒满,不必小圃花开,只在
心中领取,便得逍遥。

领取自己那一份,也有品味、把玩、获得的意思。那么,领取
秋,领取冬,领取四季,领取生活罢。

那第一朵花出现已一周,凋谢了,可是别的一朵一朵在接上
来。圆鼓鼓的花苞,盛开了的花朵,由一个个柄擎着,在绿波上漂
浮。

一九九〇年八月十日

送春

　　说起燕园的野花，声势最为浩大的，要属二月兰了。它们本是很单薄的，脆弱的茎，几片叶子，顶上开着小朵小朵简单的花，可是开成一大片，就形成春光中重要的色调。阴历二月，它们已探头探脑地出现在地上，然后忽然一下子就成了一大片。一大片深紫浅紫的颜色，不知为什么总有点朦胧。房前屋后，路边沟沿，都让它们占据了，熏染了。看起来，好像比它们实际占的地盘还要大。微风过处，花面起伏，丰富的各种层次的紫色一闪一闪地滚动着，仿佛还要到别处去涂抹。

　　没有人种过这花，但它每年都大开而特开。童年在清华，屋旁小溪边便是它们的世界。人们不在意有这些花，它们也不在意人们是否在意，只管尽情地开放。那多变化的紫色，贯穿了我所经历的几十个春天，只在昆明那几年让白色的木香花代替了。木香花以后的岁月，便定格在燕园，而燕园的明媚春光，是少不了二

24

月兰的。

斯诺墓所在的小山后面，人迹罕至，便成了二月兰的天下。从路边到山坡，在树与树之间，挤满花朵。有一小块颜色很深，像需要些水化一化;有一小块颜色很浅，近乎白色。在深色中有浅色的花朵，形成一些小亮点儿;在浅色中又有深色的笔触，免得它太轻灵。深深浅浅连成一片。这条路我也是不常走的，但每到春天，总要多来几回，看看这些小友。

其实我家近处，便有大片二月兰。各芳邻门前都有特色，有人从荷兰带回郁金香，有人从近处花圃移来各色花草。这家因主人年老，儿孙远居海外，没有人侍弄园子，倒给了二月兰充分发展的机会。春来开得满园，像一大块花毡，衬着边上的绿松墙。花朵们往松墙的缝隙间直挤过去，稳重的松树也似在含笑望着它们。

这花开得好放肆! 我心里说。我家屋后，一条弯弯的石径两侧，直到后窗下，每到春来，都是二月兰的领地。面积虽小，也在尽情抛洒春光。不想一次有人来收拾院子，给枯草烧了一把火，说也要给野花立规矩。次年春天便不见了二月兰，它受不了规矩，野草却依旧猛长。我简直想给二月兰写信，邀请它们重返家园。信是无处投递，乃特地从附近移了几棵，尚未见功效。

许多人不知道二月兰为何许花，甚至语文教科书的插图也把它画成兰花模样。兰花素有花中君子之称，品高香幽。二月兰虽也有个兰字,可完全与兰花没有关系,也不想攀高枝,只悄悄从泥土中钻出来,如火如荼点缀了春光,又悄悄落尽。我曾建议一年轻画徒,画一画这野花,最好用水彩,用印象派手法。年轻人交来一幅画稿,在灰暗的背景中只有一枝伶仃的花,又依照"现代"眼光,在花旁画了一个破竹篮。

"这不是二月兰的典型姿态。"我心里评判着。二月兰是一大片一大片的,千军万马。身躯瘦弱,地位卑下,却高扬着活力,看了让人透不过气来。而且它们不只开得隆重茂盛,尽情尽兴,还有持久的精神,这是今春才悟到的。

因为病,因为懒,常儿日不出房门。整个春天各种花开花谢,来去匆匆,有的便不得见。却总见二月兰不动声色地开在那里,似乎随时在等候,问一句:"你好些吗?"

又是一次小病后,在园中行走。忽觉绿色满眼,已为遮蔽炎热做准备。走到二月兰的领地时,不见花朵,只剩下绿色直连到松墙。好像原有一大张绚烂的彩画,现在掀过去了,卷起来了,放在什么地方,以待来年。

我知道,春归去了。

在领地边徘徊了一会儿,忽然意识到二月兰的忠心和执着。从春如十三女儿学绣时,它便开花,直到雨僝风僽,春深春老。它迎春来,伴春在,送春去。古诗云"开到荼蘼花事了",我始终不知荼蘼是个什么样儿,却亲见二月兰蓦然消失,是春归的一个指征。

迎春人人欢喜,有谁喜欢送春? 忠心的、执着的二月兰没有推托这个任务。

一九九二年九月下旬

冬至

这次手术之后，已经年余，却还是这里那里不舒服，连晨起的散步也久废不去了。今天拉开窗帘，见满地白亮亮，还以为是下了雪。再看时，原是一片月光，从松树的枝条间筛下。大半个月亮，挂在中天偏西。天空宽阔而洁净，和月亮一起，罩着静悄悄的大地。

以为表出了问题，看钟，同样是六时一刻。又看日历，原来今天是冬至，从入秋起盼着的冬至。

近年有个奇怪心理：一见落叶悄悄飘离了树木，就盼冬至。随着落叶飘零，白昼一天天短，黑夜愈来愈长。清晨散步，几同夜行，无甚意趣。只要到了冬至，经过这一年中最短的白天，便昼渐长，夜渐短，渐渐地，春天就来了。好像人在生活的道路上落到了谷底，无可再落，就有了上升的希望。可以期待花开草长，可以期待那拖着蓝灰色长尾巴的喜鹊的喳喳叫声，并且在粉红色的晨光中吸进清新的空气。

很想看一看月光怎样淡去,晨光怎样浓来,却无这点闲逸的福分。在开始忙碌的一天时,心中充满了喜悦,因为冬至毕竟来了。因为天时有四季变化,时代有巨大变革;因为生活的丰富是尝不尽的。

冬至是一年的转机,我喜欢转机。

　　　　　　　　　　一九八五年岁末记,冬至之晨

西湖漫笔

平生最喜欢游山逛水。这几年来，很改了不少闲情逸致，只在这山水上头，却还依旧。那五百里滇池粼粼的水波，那兴安岭上起伏不断的绿沉沉的林海，那开满了各色无名的花儿的广阔的呼伦贝尔草原，以及那举手可以接天的险峻的华山……曾给人多少有趣的思想，曾激发起多少变幻的感情。一到这些名山大川异地胜景，总会有一种奇怪的力量震荡着我，几乎忍不住要呼喊起来："这是我伟大的、亲爱的祖国——"

然而在足迹所到的地方，也有经过很长久的时间，我才能理解、欣赏的。正像看达·芬奇的名画《永远的微笑》，我曾看过多少遍，看不出她美在哪里；在看过多少遍之后，一次又拿来把玩，忽然发现那温柔的微笑，那嘴角的线条，那手的表情，是这样无以名状的美，只觉得眼泪直涌上来。山水，也是这样的，去上一次两次，可能不会了解它的性情，直到去过三次四次，才恍然有所悟。

我要说的地方，是多少人说过写过的杭州。六月间，我第四次去到西子湖畔，距第一次来，已经有九年了。这九年间，我竟没有说过西湖一句好话。发议论说，论秀媚，西湖比不上长湖天真自然，楚楚有致；论宏伟，比不上太湖，烟霞万顷，气象万千——好在到过的名湖不多，不然，不知还有多少谬论。

　　奇怪得很，这次却有着迥乎不同的印象。六月，并不是好时候，没有花，没有雪，没有春光，也没有秋意。那几天，有的是满湖烟雨，山光水色俱是一片迷蒙。西湖，仿佛在半醒半睡。空气中，弥漫着经了雨的栀子花的甜香。记起东坡诗句："水光潋滟晴方好，山色空蒙雨亦奇。"便想，东坡自是最了解西湖的人，实在应该仔细观赏领略才是。

　　正像每次一样，匆匆地来，又匆匆地去。几天中我领略了两个字，一个是"绿"，只凭这一点，已使我流连忘返。雨中去访灵隐寺，一下车，只觉得绿意扑眼而来。道旁古木参天，苍翠欲滴，似乎飘着的雨丝儿也都是绿的。飞来峰上层层叠叠的树木，有的绿得发黑，深极了，浓极了；有的绿得发蓝，浅极了，亮极了。峰下蜿蜒的小径，布满青苔，直绿到了石头缝里。在冷泉亭上小坐，只觉得遍体生凉，心旷神怡。亭旁溪水玲珑，说是溪水，其实表达不出那奔流的气势，平稳处也是碧澄澄的，流得急了，水花飞溅，如飞珠滚玉一般，在这一片绿色的影中显得分外好看。

　　西湖胜景很多，各处有不同的好处，即便一个绿色，也各有不同。黄龙洞绿得幽,屏风山绿得野,九曲十八涧绿得闲……不能一一去说。漫步苏堤,两边都是湖水,远水如烟,近水着了微雨,泛起一层银灰的颜色。走着走着,忽见路旁的树十分古怪,一棵棵树身虽然离得较远,却给人一种莽莽苍苍的感觉,似乎是从树梢一直绿到了地下。走近看时,原来是树身上布满了绿茸茸的青苔,那样鲜嫩,那样可爱,使得绿茵茵的苏堤,更加绿了几分。有的青苔,形状也很有趣,如耕牛,如牧人,如树木,如云霞,有的整片看来,布局宛若一幅青绿山水。这种绿苔,给我的印象是坚忍不拔,不知当初苏公对它们印象怎样。

在花港观鱼,看到了又一种绿,那是满地的新荷。圆圆的绿叶,或亭亭立于水上,或婉转靠在水面,只觉得一种蓬勃的生机,跳跃满池。绿色,本来是生命的颜色。我最爱看初春的杨柳嫩枝,那样鲜,那样亮,柳枝儿一摆,似乎蹬着脚告诉你:春天来了。荷叶则要持重一些,到初夏则更显成熟,但那透过活泼的绿色表现出来的苗壮的生命力,是一样的。再加上叶面上的水珠儿滴溜溜滚着,简直好像满池荷叶都要裙袂飞扬,翩然起舞了。

从花港乘船而回,雨已停了。远山青中带紫,如同凝住了一段云霞。波平如镜,船儿在水面上滑行,只有桨声欸乃,愈增加了一湖幽静。一会儿,摇船的姑娘歇了桨,喝了杯茶,靠在船舷,只见她向水中一摸,顺手便带上一条欢蹦乱跳的大鲤鱼。她自己只微笑着一声不出,把鱼甩在船板上。同船的朋友看得入迷,连连说:这怎么可能! 上岸时,又回头看那在浓重暮色中变得无边无际的白茫茫的湖水,惊叹道:真是个神奇的湖!

更何况西湖连性情也变得活泼热闹了。星期天,游人泛舟湖上,真是满湖的笑,满湖的歌! 西湖的度量,原也是容得了活泼热闹的。两三人寻幽访韵固然好,许多人畅谈畅游也极佳。见公共汽车往来运载游人,忽又想起东坡在密州出猎时写的一首《江城子》:"老夫聊发少年狂,左牵黄,右擎苍,锦帽貂裘,千骑卷平冈。"想来他在杭州,当有更盛的情景吧? 那时是"倾城随太守",这时是每个人在公余之暇,来休息身心,享山水之乐。这热闹,不更千百倍地有意思么?

希腊画家亚伯尔曾把自己的画放在街上,自己躲在画后,听取意见。有一个鞋匠说人物的鞋子画得不对,他马上改了。这鞋匠又批评别的部分,他忍不住从画后跑出来说,你还是只谈鞋子好了。因为对西湖的印象究竟只是浮光掠影,这篇小文,很可能是鞋匠的议论,然而心到神知,想西湖不会怪我唐突吧?

一九六一年七月

墨城红月

一过兴安岭,觉得天气猛然一凉。车窗外不再是无边的青纱帐,先是些高高低低的灌木丛,再过去,就是均匀的绿色。这就是呼伦贝尔草原么? 直到看见那黑色的又有些透明的河水,才恍然,确实又来到草原上了。

不知为什么,这里的大大小小的河水都是那样一种黑色,它一点不浑浊,只显得有些冷,有些重。但它自己一点不觉得,只顾流着。草原上的中心城市海拉尔,意思是"墨城"。我第一次来时,觉得很奇怪,这个新兴的城和墨城哪里有什么关系。这一次,我从河水又认识了草原,便猜想,墨城的名字,可能是从河水而来吧?

墨城海拉尔便在这样一条河旁,河上有大桥把新旧市区连接起来。这次旅行,喜欢活动的我,为病所拘,不曾出去活动,只管坐着看天。有时在桥上闲步,水么,只是流,已经知道它的特点了,便也还是看天。不料从天上,竟也看出一些名目。

　　这天是草原上的天,草原毫无遮拦,这样开阔,这样坦率,只是一个劲儿的绿。天呢,却是变化多端。它常常显得离地很近,有时站在四不靠的草原上,总觉得天还是可以用手摸得到的,在大桥上看日落,真是"远在天边,近在眼前"了。太阳如同从炉中煅出的炽热的铁,红得发白。沉下去以后,天边还久久地染着余光。我便想,那一块天,一定很烫很烫。

　　那云也奇怪。它仿佛不在天上,而在地上,应该说,就是在那天和地的交界处。像要往上飘,又像要往下落,让人摸不着头脑。有时乌云密布,天阴沉沉的,滴得下水来。忽然间云在空中活动起来,大块大块地往天边滑去,太阳马上就光灿灿的,照得人睁不开眼。天也骤然升高了,就是飞,也难得上去了。那些云,都集中到一堆,落到天地的边缘上,好像是谁在那刷了一笔浓墨。想来那里一定会下大雨,让丰盛的草原畅饮一番。再等一会儿,这一"笔"勾销了,却又在天的另一边,添上了一笔。这看不见的笔挥来挥去,云层就汹涌而来,呼啸而去,忙个不停。那施云童子、布雾郎君,以及四海的龙王爷,在这一带的任务似乎特别繁忙,我真替他们累得慌呢。

　　一个傍晚,千变万化的落照已经过去了。只在天地间有一道明亮的红云,直从暮色中透过来。我站在桥上望着它,等它隐去,然而它竟不,只执拗地横在那里。等着等着,云层中忽然起了一团红光，像是个正燃烧的火球，滚了一阵，又倏地消失了。紧接着一个火球又是一个火球，都是那样闪着红光，滚滚而逝。正在看得有趣，听见有人说："打雷啦，闪电啦，可该回家啦。"回头一看，见是个年老的牧民，牵着一匹肥壮的马，准也是要回家，望着我亲切地笑着。我便也向他笑笑，往住处走去，一路还回头去看那云后的闪电。

　　过了几天，便是中元节。我看天的兴趣也达到了顶峰，因为那月亮更是奇怪，它从草原的尽头升起时，简直大得吓人，足像个汽车轮子——当然比汽车轮子好看。它照着刚被黑夜笼罩的绿色草原，现出一种淡黄的颜色，周围有轻云缠绕，引人深思。行到中天，便全没了那种朦胧的气氛，十分明亮，十分光洁。照得上下左右，成了一片通明的世界，让人看了，胸中再存不住半点杂念。等到将落未落时，却又变成朱红的颜色，在碧沉沉的天空里，红色那样含蓄，那样润泽。记得听人唱过一个民歌，其中有"天上的红月亮"的句子，觉得奇怪，月亮哪有红的呢，最多是黄的。在这里，知道了月亮真有红的，而且是这样的红，那红色是活泼的、流动的，仿佛它正在红着……

　　曾和几位考古专家一同步月，他们用洞察过去的眼光看出这月光下的旷野应该是古战场。这一带民族复杂，地居险要，一向是争战的场所，然而那确都已成了过去。草原，在民族大家庭里劳动着、成长着。在桥头，又看见那老牧民，还是牵着那肥壮的马,大步走着。我们像老相识似的攀谈了很久。

月光照着他骑马向草原上驰去,我也没问他家住在哪儿。月亮会知道的吧?它默默地照了几千年几万年了。它知道今天的考古专家们将来也会被别人考古,而它也知道现在的人怎样在有限的生命里热情地、努力地创造着无限的历史。

我久久不能入睡。推开窗户,等着看那碧天红月的奇景。

一九六二年九月

三峡散记

我所见的三峡，从中峡巫峡始。

船从汉口开。那一天天色灰蒙蒙的，水色也灰蒙蒙的。在一片灰蒙蒙之间，长江大桥平静稳重地跨在龟蛇二山上，古色古香的黄鹤楼和现代化的二十层的晴川饭店遥相对峙。水面上忽然闪出一道亮光，摇着、跳着，往船头方向漾开去，一直到大桥那一边。原来云层里透出小半个灰白的太阳来。

船开了，追着水面跳荡的远去的阳光，开行了。

大桥看不见了。两岸房屋越来越少，江面越来越宽，有一道绿边围着。极目前方，出口很窄，水天相接，长江从窄窄的天上流过来。等船驶近，原来也是十分宽阔。窄窄的水天相接的出口又移到远处了，于是又向前去穿过那窄的出口。

船行的次日中午过沙市，约停四五小时又起锚。直到黄昏，还是原野平阔，江流浩荡，暮色中更显得浑重。我想不出三峡是怎样开始的,便去问过来人。据说山势逐渐高起,过了宜昌才见分晓。日程表上写明第三日七时左右到下峡西陵峡,尽可放心休息。

半夜两点多钟,一阵喧闹的人声、哨声和拖铁链的声音把我惊醒。从窗中看出去,只见一堵铁壁挡在眼前,几乎伸手便可摸到。"到葛洲坝了!"我猛省,连忙起身出房。只见甲板上灯火辉煌,我们的船在船闸里。上下四层的船不及闸墙三分之一高,抬头觉得闸顶很远,那一块黑漆漆的天空更远。人们从船头走到船尾,又从船尾走到船头,互相招呼:"要放水了!""要开闸了!"据说闸门每扇有两个篮球场大。等到船闸停满了船只,便开始放水。眼看着我们的船向上浮升,一会儿工夫,已不用仰望闸顶,只消平视了。紧接着闸门缓缓打开,"扬子江"号破浪前行,黑夜间,觉得风声水声灌满两耳。站在船尾看时,璀璨的葛洲坝灯火渐渐远去,终于消失在黑暗里。我心中充满了对人——我的同类的无限敬仰之情。只因有了人——万物之灵长的人,万物本身,包括这日夜奔腾不息的长江,才有各自的意义。

我自己却是愚蠢之物,过分相信日程表,以为离七点钟尚早,便又回房。等我再出来时,两岸有丘陵起伏,满心以为要到三峡了,不想伙伴们说:"西陵峡已经过了!屈原和昭君故里都过了!"

我好懊恼,"百里西陵一梦中。"我说。

可是没有时间懊恼或推敲诗句。船左舷很快出现一座山城,

39

古旧的房屋依山势而建,层层叠叠,背倚高山,下临江水,颇觉神秘。这是寇莱公初登仕途,做县令的地方。大江东流,沿岸哺育了多少俊杰人物,有名的和无名的,使人在山水草木城郭之间总有许多联想。不只是地理的,而且是历史的,这是中国风景的特色。

天还是灰蒙蒙的,雨点儿在空中乱飞,据说这是标准的巫峡天气。我们在云雾弥漫中向前行驶,忽然面前出现两座奇峰,布满树木,呈墨绿色。江水从两山间流来,两山后还有山,颜色淡得多,披云着雾。江水在这山前弯过去了,真不知里面有多深多远!这就是巫峡东口了,只觉得一派仙气笼罩着山和水。人们都很兴奋,山水却显得无比的沉静,像一幅无言的画,等待人走进去。

船进入巫峡,江流顿时窄了许多。两岸峭壁如同刀削,插在水里。浑浊泥黄的江水形成了一个个小漩涡,从船两边退去,分不清究竟向哪个方向流。面前秀丽的山峰截断了江流,到山前才知道可以绕过去。绕过去又是劈开的两座结构奇特的山峰,峰后云遮雾掩,一座座峰颜色越来越淡,像是墨在纸上渗了开来。大家惊异慨叹,不顾风雨,倚在栏边,眼睛都不敢眨一眨。我望着从船旁退去的葱葱郁郁的高山,真想伸手摸一摸。这山似乎并不比船闸远多少。

据说神女峰常为云雾遮蔽,轻易不肯露面,人们从上船起便关心是否有缘得见。抬头仰望,只觉得巉岩绝壁压顶而来,令人赞叹之间不免惶悚。一个个各种名目的峡过去了，奇极了，也美极了。冷风挟着雨滴和山水一起迎接我们的船。"快看，快看！"大家互相指着叫着。"看到了！看到了！"看到的舒一口气，没看到的懊丧地继续抻长脖子。

我看到了。我早就知道神女会见我的。那山峰本来就峻峭秀奇，在云雾中似乎有飞腾之势。就在峰顶侧，站着一个窈窕女子，衣袂飘飘，凝视远望。怎能相信她是块石头！再一想，她本是块石头，多亏了人，才化为仙女，得万人瞻仰；才有她的事迹，得千古流传。薄薄的淡灰色的云纱缠绕着仙女和峰顶，云和山一起移动，人们回头看，再回头看，看不见了。

快到巫山时，一只货船自上游疾驶而下，船上人大声喊着，听起来像歌一样萦绕在峡谷中。临近时才听清他喊的是"道谢了！道谢了！"原来是大船为免小船颠簸，放慢了速度。

"道谢了！道谢了！"喊声随着船远去了。忽然想起《水经注》上对巫峡的总结："巴东三峡巫峡长，猿鸣三声泪沾裳。"现在没有猿啼了，却有人的喊声在峡谷中撞击，充满了和自然搏斗的欢乐。

过了巫山县，驶过黛溪宽谷，便是上峡瞿塘峡。上峡只有八公里，仍是高山重嶂断岸千尺，很是雄浑壮伟，只不如中峡灵秀。出夔门时，据说滟滪堆就在脚下，还有传说为八阵图的礁石也炸掉了。人，当然是要胜过石头的。

五月四日上午到重庆。距一九四六年过此地，已是三十九年了。当时全家六人，如今只余其半。得诗一首志此："四十年前忆旧游，曾怀凤约在渝州。雾浓山转疑无路，月冷波回知有秋。似纸人情薄不卷，如云往事散难收。恸哭几度服缟素，销尽心香看白头。"

　　这里不仅是物是人非，物也大大变迁了。夜晚在码头候船，江中也有万家灯火，大小船只密密麻麻，好一派热闹气象。这晚皓月当空，距上次见此山城月，已近五百回圆了。

　　五日从重庆返回，顺江而下。次日上午到奉节停泊，由一小汽船带一条座船，载我们到上峡中风箱峡看纤道。小船行驶在长江里，两岸的山显得格外高，直插入云，水中漩涡急转，深不可测。船行近一座峭壁，只见山侧有一道凹进去的沟，那就是从前的纤道了。《水经注》载，过三峡下水五日，上水百日，可见其难。五十年代初上水还需半个月，也是人力为主。登石阶数百，我们站在纤道上，头顶山崖几乎不能直立。想当初拉纤人便是这样弯着身子逆水拖船的。此时我们没有了船的支撑，山势更显雄伟，脚下急流滚滚，真觉得个人不过沧海一粟。从峡口望进去，可以看到六层山色，最近的是黄，然后是深绿、绿、蓝灰、灰和在江尽处天下边的灰白，灰白后似乎还有什么，每个人可以自己在想象里补充。

　　我忽然想跳进江去，当然没有实行。其实真有机会一亲长江流水时，是绝不肯的。

回去时,小船正驶在江心,上游飞快地下来了一只货船。船上人高声喊着,还是唱歌一样。忽然一声巨响,小船猛地歪了一下,许多人跌倒了,有的人头上碰出血来。两边船上都惊呼,又有人喊话,寂静的江心一时好不热闹。原来那货船把小汽船和我们的座船之间的缆绳撞断了。那货船仍在喊话,顺着急流转眼就不见了,下水船是停不住的。我们的座船在江心滴溜溜乱转,我正奇怪它到底要往哪边行驶,忽然发现它不能开,只能随旋转的水而旋转,不免心向下一沉。幸亏小汽船及时抛过缆绳,很快调整好了,平安驶回"扬子江"号。回船后大家都有些后怕,座船上没有任何工具,若冲下去,只有撞在礁石上粉身碎骨了。想来江流吞没的英雄好汉,不在少数。

　　而吞没的尽管吞没了,几千万年如水流去。人渐渐了解了江河,然而究竟又了解多少呢?

　　船在奉节停泊了一夜,七日晨又进了三峡。水急船速,中午时分已到了下峡。我因上水时错过了,便一直守在船栏边。一般的说法是上峡雄,中峡秀,下峡险。近年来下峡的巨石险滩多已除去,并无特别险阻之处了。眼前是叠峦秀峰,可以引出各种想象。不可仰视的断崖绝壁上有着斑斓的花纹,有的如波浪,有的如山峦,有的如大幅抽象派的画。繁复的线条和颜色,气势逼人,不可名状。这可以说是西陵峡的特色吧,但是我想不出一个准确的字来概括。大幅绝壁上面是葱葱郁郁的山巅,据说山巅上平野肥沃，别有天地。山水奇妙，真不可思议。

船过秭归、香溪，是屈原、昭君故里。滚滚长江，每一段都有中华民族可歌可泣的历史遗迹，以"扬子江"号的速度，怀古都来不及。而我们的绝才绝色都出于此，也是天地灵秀之所钟了。香溪水斜插入江，颜色与江水截然不同。一青一黄，分明得很。世事滔滔，总有人是在"独醒"的。其实，对于"世事洞明皆学问，人情练达即文章"这两句话，我倒是很佩服。

船驶出西陵峡口，顿觉天地一宽。见峡口两峰并不很高大，这是因葛洲坝使水位提高了。峡口山上有亭台，众人如蚁行其上，显然是一公园。远见大堤拦截，各种横杆竖线，我们又回到了红尘。

峡口两山老实地站在江中，船仍随水东流。我和我的记忆，也随船漂远了。

一九八五年五月下旬

养马岛日出

到海边了,便总惦记着看日出。

最初几日阴雨,天空为云霾锁住,只见海天茫茫,是深深浅浅的灰色。不见太阳,也不辨东西南北。

一天清晨到得阳台上,忽见一侧天边和海面间闪着红光,空中云层后面,有个大红球,那是一轮红日,已经升得很高了。没有多久,便不能逼视。

阳台上看日出,毕竟局促。在告别养马岛的这天,特意到海边去等候。

微弱的晨曦中,树木似醒非醒,海是凝重的灰蓝。昨天还是海面的地方,现在露出高高低低的礁石,线条还不十分清晰。一个小小的人影正在那块伸入海中的大礁石上移动着,他是想上得高些,看得远些。那是我们力所不及的。我们只能循着岸边小路选择了一处开阔的地方,等候那伟大的时刻。

天边有云层围护着。渐渐地，东天红了，由浅到深，红得很朴素。似乎云层后面正在燃烧，却看不出那中心在哪里。我们凝望天边，不敢眨一眨眼睛。忽然有一条鱼从水上跳出，接着又是一条，似乎也在盼着太阳。

"快看！快看！"我们彼此叫着，只见云层后面陡然出现一个小红球。那是太阳！那是燃烧的中心。太阳在云霞围绕中跳出了海面！云霞红得耀眼，一条光闪闪的红柱从水面拖过来，每一道水波都发着红光。

这一带几个海岛上都有三官庙，渔民们奉祀天、地和水。我和他们一样，觉得一切是这样神圣。我心中充满感激，感激天有日月、地有泥土，感激太阳辛勤地出没、大海不息地涨落。希腊神话中的日神阿波罗每天驱赶着金色的马车向天上驶去时，是否想到地上水中的生灵在顶礼膜拜？

太阳不停地上升，愈来愈大，水面红柱愈来愈宽而长。终于成为一片落进海水的灿烂的彩色。太阳的红反而淡下来，变成白亮的强光，使我们转过头去。

太阳出来了，新的一天开始了。

太阳是我们的。

一九九四年七月二十一日

三千里地九霄云

我在记忆之井里挖掘着,想找出半个多世纪以前昆明的图像。在那里,我从小女孩长成大姑娘,经历了我们民族在二十世纪中的头一场灾难,在亡国的边缘上挣扎,奋起。原以为一切都不可磨灭,可是竟有些情景想不起来,提笔要写下昆明的重要景色——白云时,心中只有一个抽象的概念:昆明的云很美。

只有概念,没有形象,这让我觉得可怕,仿佛眼前是个无底的黑洞,把所有的图像都吸进去了。

我记得蓝天,蓝得透明,蓝得无比。我在《东藏记》开头写着:"昆明的天,非常非常的蓝。只要有一小块这样的颜色,就会令人惊叹不已了。而天空是无边际的,好像九天之外,也是这样地蓝着。蓝得丰富,蓝得慷慨,蓝得澄澈而光亮,蓝得让人每抬头看一眼,都要惊一下:'哦! 有这样蓝的天!'"

蓝天上有白云,我记得的。可是云在哪里? 我必须回昆明去,去寻找那离奇变幻的白云,免得我心中的蓝天空着,免得我整个的记忆留下缺陷。

于是我去了,乘汽车,乘飞机,倒也简单。一路上想,古人为鲈鱼辞官不做,若是现在,可以回乡享受了鱼宴再出来宦游,岂不两全?然而也就没有那弃官爵如敝屣的佳话了。

飞机沿西线飞,经太原、西安、重庆,到昆明坝。它穿过云层,沿着山盘旋,停在四周青山之间。

飞过了两千多里。若是走路,岂止三千里。为了那虚幻的云。

我站在昆明街角上了。头上蓝天似不如记忆中那样澄澈,似调了一点银灰和乳白,这是工业发展的效果。

天公为迎接我,在这一片不算宽阔的蓝天上缀满了白云。

昆明的云,我久违的朋友!我毫不费力地发现我的朋友们的与众不同处,他们也发现了我,立刻邀我进入云的世界。这一朵如山峰,层峦叠嶂,厚薄相接处似有溪流落下。那一朵如树丛,老干傍着新枝。这一朵如花苞,花瓣似张未张。那一朵如小船,正待扬帆起航。只一会儿工夫,这些图景穿插变幻,汇成一片,近处如积雪,远处如轻纱,伸展着,为远天拦上一层围幔。

忽然落下雨点儿,紧接着就是一阵急雨。人们站在街旁店铺的廊檐下。一个水果担子在我身旁。

"你家可买梨?宝珠梨。尝尝看。"挑担人标准的昆明话使我有余音绕梁之感。那是乡音！宝珠梨在记忆中甜而多汁，是名产。据说现在已经退化了，人们在培养新品种。我摇摇手，用乡音对答："梨么不要。你家说的话好听呢好听。"挑担人不解地望着我。那是典型的云南人的脸，这张脸在我的记忆之井中激起了许多玲珑的水泡，闪着虹的光亮。

雨停了，挑担人拢好箩筐上的绳索，对我笑笑："要赶二十里路回家嘛。"他向街的一头，十字路口走去，那里从前是城门。

雨后的天空，又是云的世界。我走几步便抬头，不免东歪西倒，受到"不好好走路"的责备。于是便专心走路，回想着白云下的宝珠梨担子，那陌生又熟悉的脸庞和天上的白云。

几天后，朋友们安排我去石林附近的长湖。五十年前，我曾到过那里。当时的长湖藏匿在茂密树木中，踏过曲折的石径，站到湖边时，会觉得如同打了一针镇静剂，一切烦恼不安都骤然离去，只有眼前的绿和绿意中水波的明亮，把人浸透了。我曾把这小小的湖列于西湖、太湖之上，因为它不是一般的风景，而是一种心灵的映照。

不料这一次我们驱车往路南尾泽乡，所遇震撼全在长湖之外。再没有坎坷不平的泥路，再没有背上放着木架的小马，有的是上上下下都十分平坦的公路，车子驶过，没有一点颠簸。行到高处，忽见前面豁然开朗，大片蓝天之上，有白云的图案，如一幅抽象派的画，不写真，不状物，只是一团团，一块块，一层层，卷着

49

滚着，又在邀人进入云的世界。"昆明的云!"我叫起来,真想跳离了车子,扑到天边去! 车行急速,转眼掠过了这一幅图画,眼前是无比真实的土地,鲜红色的土地,红土地!

红土地连着绿林,红土地连着蓝天,红土地连着白云! 我亲爱的云南的土地! 多少年来,我怎么忽略了这神秘的鲜艳的红色呢! 在这红土上生长着宝珠梨,滋养着本地和外来的人,回荡着好听的昆明话;在这红土上伸展着蓝天,变幻着白云。

我们走过一个小村庄。村中房舍想必是用红土烧坯建成,屋顶墙壁一派暗红。村前池水也是红的,两三个系蓝布围腰的妇女在池边洗衣服,洗出来的衣服想必也是红的了。

颜色很绚丽,心里却酸苦。红土是酸性土壤,它的孕育是艰难的。

可是我相信,人人都会有一池清水,这是迟早的事。

尾泽小学已是正式的楼房了。院中植着花木,我住过的土坯房不见了,只是那片操场还在。五十年,该有多少农家孩子从这里得到启蒙的知识,打开了灵魂的窗户。而在操场和我一起学过阿细跳月的人们,还有几个能再来?

车直开到长湖边上,我还一再地问:"是这里么? 这是长湖么?"可见长湖大变样了。似是从一个纯真少女变成了人情练达的成年人。湖水不再掩藏在树木间,而是坦然地抚摸着开朗的湖岸。岸上有草地,有野炊用的泥灶,俨然一个公园。

我们坐在一个小岗上,良久不语。作为公园,这里还是不同一般的。水面澄清,天空开阔,而且是这样的蓝!

　　记得《西游记》中有堆云童子、布雾郎君这样的角色,常被孙大圣传唤。布雾郎君且不说,这堆云童子无疑是个艺术家。蓝天上的云朵撒得疏密有致。渐渐地,小朵汇成大朵,如堆绵,如积雪。一会儿,绵和雪变化成一群白羊、一只大狗——狗是在牧羊吗?远山上出现了一个大玩偶,一只大袖子,有很长很弯的鼻子,似要到湖里吸水,那狗蹄子正踩在玩偶头上。玩偶不必发愁,狗蹄子很快移开了,愈来愈淡,狗消失了,只剩下群羊。想不到在无意间,得观白衣苍狗,更领悟子美“天上浮云如白衣,斯须改变成苍狗”之叹。

　　云还在变幻。一座七宝楼台搭起来了,又坍塌了。围湖的山和天相接处,一朵朵云如同很大的氢气球,正在欲升未升。不久化作大片纱幔,似是从山顶生出来的,把天和地连接在一起。而天是蓝的,地是红的,白云前还点缀着绿树。

　　归途中,一轮丽日当空。快到昆明了,忽然,年轻的朋友叫道:“快看! 彩云!”

　　哦,彩云! 就在太阳的右下方,一朵椭圆形的彩云! 刚看见时是玫瑰红,一会儿变作金色,一会儿又变作很浅的藕荷色。太亮了,我们不得不闭上眼睛。再看时,可能我的不正常的视力做了加工,只见彩云后面透出彩色的光,许多亮点儿成串地从云朵上流下,更让人不能逼视。

"不能看得太久,"我们说,"会折损了福气。"

太阳随着车子向前而后退,那彩云却面对面地向我们头顶飘来,随即消失。

云南这个名称,据说始于汉代,因彩云出现而得此名。有谁真正看到过彩云?如今有我。

昆明的云!美丽的云!在我的记忆之井中注满了活水。

"三千里地九霄云"。我拟下了一个作文题目。

一九九四年十月二十六日

距目击彩云已两月矣

我爱燕园

我爱燕园。

考究起来,我不是北大或燕京的学生,也从未在北大任教或兼个什么差事。我只是一名居民,在这里有了三十五年居住资历的居民。时光流逝,如水如烟,很少成绩,却留得一点刻骨铭心之情:我爱燕园。

我爱燕园的颜色。五十年代,春天从粉红的桃花开始。看见那单薄的小花瓣在乍暖还寒的冷风中轻轻颤动,便总为强加于它轻薄之名而不平,它其实是仅次于梅的先行者。还没有来得及为它翻案,不要说花,连树都难逃斧钺之灾,砍掉了。于是便总由金黄的连翘迎来春天。因它可以入药,在校医院周围保住了一片。紧接着是榆叶梅热闹地上场,花团锦簇,令人振奋。白丁香、紫丁香,幽远的甜香和着朦胧的月色,似乎把春天送到了每个人心底。

绿草间随意涂抹的二月兰,是值得大书特书的。那是野生的

53

花,浅紫掺着乳白,仿佛有一层亮光从花中漾出,随着轻拂的微风起伏跳动,充满了新鲜,充满了活力,充满了生机。简直让人不忍走开。紫色经过各种变迁,最后便是藤萝。藤萝的紫色较凝重,也有淡淡的光,在绿叶间缓缓流泻。这时便不免惊悟,春天已老。

夏日的主色是绿,深深浅浅浓浓淡淡的绿。从城里奔走一天回来,一进校门,绿色满眼,猛然一凉,便把烦恼都抛在校门外了。绿色好像是底子,可以融化一切的底子,那文眼则是红荷。夏日荷塘是我招待友人的保留节目。鸣鹤园原有大片荷花,红白相间,清香远播。动乱多年后,寻不到了。现在勺园附近、朗润园桥边都有红荷,最好的是镜春园内的一池,隐藏在小山之后,幽径曲折,豁然得见。红荷的红不同于桃、杏,鲜艳中显出端庄,就像白玉兰于素静中显出华贵一样。我曾不解为什么佛的宝座作莲花状,再一思忖,无论从外貌或品德比较,没有比莲花更适合的了。

秋天的色彩令人感到充实和丰富。木槿的花有紫有白,紫薇的花有紫有红,美人蕉有各种颜色,玉簪花则是玉洁冰清,一片纯白。而最得秋意的是树叶的变化。临湖轩下池塘北侧一排高大的银杏树,秋来成为一面金色高墙,满地落叶也是金灿灿的,踩上去不由生出无限遐想。池塘西侧一片灌木不知名字,一个叶柄上对称地生着秀长的叶子,着雨后红得格外鲜亮。前年我为它写了一篇小文《秋韵》,去年再去观赏时,却见树丛东倒西歪,让人踩出一条路。若再成红霞一片,还不知要多少年!我在倒下的枝叶旁徘徊良久,恨不能起死回生!"文化大革命"中滋长的破坏习性,什么时候才能改变?!

一望皆白的雪景当然好看,但这几年很少下雪。冬天的颜色常常是灰蒙蒙的,很模糊。晴时站在未名湖边四顾,天空高处很蓝,愈往边上愈淡,亮亮地发白,枯树枝丫、房屋轮廓显出各种姿态,像是一幅没有着色只有线条的钢笔画。

我爱燕园的线条。湖光塔影,常在从燕园离去的人的梦中。映在天空的塔身自不必说,投在水中的塔影,轮廓弯曲了,摇曳着,而线条还是那么美!湖心岛旁的白石舫,两头微微翘起,有一点弧度,显得既圆润又利落。据说几座仿古建筑的檐角,就是因为缺少了弧度,而成凡品。湖西侧小山上的钟亭,亭有亭的线条,钟有钟的线条,钟身上铸了十八条龙和八卦。那几条长短不同的横线做出的排列组合,几千年来研究不透。

我爱燕园的气氛,那是人的活动造成的。每年秋天,新学年开始,园中添了许多稚气的脸庞。"老师,六院在哪里?""老师,一教怎样走?"他们问得专心,像是在问人生的道路。每年夏天,学年结束,道听途说则是:"你分在哪里?""你哪天走?"布告牌上出现了转让车票、出让旧物的字条。毕业生要到社会上去了,不知他们四年里对原来糊涂的事明白了多少,也不知今后会有怎样的遭遇。我只觉得这一切和四季一样分明,这是人生的节奏。

有时晚上在外面走——应该说,这种机会越来越少了——看见图书馆灯火通明,像一条夜航的大船,总是很兴奋。那凝聚着教师与学生心血的智慧之光,照亮着黑暗。这时我便知道,糊涂会变成明白。

三角地没有灯,却是小小的信息中心,前两年曾特别热闹,几乎天天有学术报告,各种讲座,各种意见,显示出每个人都用自己的头脑在思索,一片绚烂胜过自然间的万紫千红。这才是燕园本色! 去年上半年骤然冷落,只剩些舞会通知、电影广告和遗失启事,虽然有些遗失启事很幽默,却总感到茫然凄然。近来又恢复些生气。我很少参加活动,看看布告,也是好的。

我爱燕园中属于我自己的记忆。我扫过自家门前雪,和满地扔瓜子壳儿的男士女士们争吵过。我为奉老抚幼,在衰草凄迷的园中奔走过。我记得室内冷如冰窖的寒冬,也记得新一代水暖工送来温暖的微笑。我那操劳一生的母亲怀着无限不安和惦念在校医院病逝,没有足够的人抬她下楼。当天,她所钟爱的狮子猫被人用鸟枪打死,留下一只尚未满月的小猫。这小猫如今已是十一岁,步入老年行列了。这些记忆,无论是美好的还是痛苦的,都同样珍贵。因为那属于我自己。

我爱燕园。

1988 年 1 月 18 日

燕园树寻

燕园的树何必寻？无论园中哪个角落，都是满眼装不下的绿。这当然是春夏的时候。到得冬天，松柏之属，仍然绿着，虽不鲜亮，却很沉着。落叶树木剩了杈丫枝条，各种姿态，也是看不尽的。

先从自家院里说起。院中的三棵古松，是"三松堂"命名的由来，也因"三松堂"而为人所知了。世界各地来的学者常爱观赏一番，然后在树下留影。三松中的两株十分高大，超过屋顶，一株是挺直的；一株在高处折弯，作九十度角，像个很大的伞柄。撒开来的松枝如同两把别致的大伞，遮住了四分之一的院子。第三株大概种类不同，长不高，在花墙边斜斜地伸出枝干，很像黄山的迎客松。地锦的条蔓从花墙上爬过来，挂在它身上，秋来时，好像挂着几条红缎带。两只白猫喜欢抓弄摇曳的叶子，在松树周围跑来跑去，有时一下子蹿上树顶，坐定了，低头认真地观察世界。

若从下面抬头看，天空是一块图案，被松枝划分为小块的美丽图案，由于松的接引，好像离地近多了。常有人说，在这里做气功最好了，可以和松树换气，益寿延年。我相信这话，可总未开始。

后园有一株老槐树，比松树还要高大，"文革"中成为尺蠖寄居之所。它们结成很大的网，拦住人们去路，勉强走过，便赢得十几条绿莹莹的小生物在鬓发间、衣领里。最可恶的是它们侵略成性，从窗隙爬进屋里，不时吓人一跳。我们求药无门，乃从根本着手，多次申请除去这树，未获批准。后来忍无可忍。密谋要向它下毒手了，幸亏人们忽然从"阶级斗争"的噩梦中醒来，开始注意一点改善自身的生活环境，才使密谋不必付诸实现。打过几次药后，那绿虫便绝迹。我们真有点"解放"的感觉。

老槐树下，如今是一畦月季，还有一圆形木架，爬满了金银花。老槐树让阳光从枝叶间漏下，形成"花荫凉"，保护它的小邻居。因为尺蠖的关系，我对"窝主"心怀不满，不大想它的功绩。甚至不大想它其实也是被侵略和被损害的。不过不管我怎样想，现在一块写明"古树"的小牌钉在树身，更是动它不得了。

院中还有一棵大栾树，枝繁叶茂，恰在我窗前。从窗中望不到树顶。每有大风，树枝晃动起来，真觉天昏地暗，地动山摇，有点像坐在船上。这树开小黄花，春夏之交，有一个大大的黄色的头顶，吸引了不少野蜂。以前还有不少野蜂在树旁筑窝，后来都知趣地避开了。夏天的树，挂满浅绿色的小灯笼，是花变的。以后就变黄了，坠落了。满院子除了落叶还有小灯笼，扫不胜扫。专司打扫院子的老头曾形容说，这树真霸道。后来他下世了，几个接班人也跟着去了，后继无人，只好由它霸道去。看来人是熬不过树的。

出得自家院门，树木不可胜数，可说的也很多，只能略拣几棵了。临湖轩前面的两株白皮松，是很壮观的。它们有石砌的底座，显得格外尊贵。树身挺直，树皮呈灰白色。北边的一株在根处便分杈，两条树干相并相依，似可谓之连理。南边的一株树身粗壮，在高处分杈。两树的枝叶都比较收拢，树顶不太大，好像三位高大而瘦削的老人，因为饱经沧桑，只有沉默。

俄文楼前有一株元宝枫，北面小山下有几树黄栌，是涂抹秋色的能手。燕园中枫树很多，数这一株最大，两人才可以合抱。它和黄栌一年一度焕彩蒸霞，使这一带的秋意如醇酒，如一曲辉煌的钢琴协奏曲。

若讲到一个种类的树，不是一株树，杨柳值得一提。杨柳极为普通，因为太普通了，人们反而忽略了它的特色。未名湖畔和几个荷塘边遍植杨柳，我乃朝夕得见。见它们在春寒料峭时发出嫩黄的枝条，直到立冬以后还拂动着；见它们伴着娇黄的迎春、火红的榆叶梅度过春天的热烈，由着夏日的知了在枝头喧闹。然后又陪衬着秋天的绚丽，直到一切扮演完毕。不管湖水是丰满还是

59

低落,是清明还是糊涂,柳枝总在水面低回宛转,依依不舍。"杨柳岸,晓风残月",岸上有柳,才显出风和月,若是光光的土地,成何光景?它们常集体作为陪衬,实在是忠于职守,不想出风头的好树。

银杏不是这样易活多见的树,燕园中却不少,真可成为一景。若仿什么十景八景的编排,可称为"银杏流光"。西门内一株最大,总有百年以上的寿数,有木栏围护。一年中它最得意时,那满树略带银光的黄,成为夺目的景象。我有时会想起霍桑小说中那棵光华灿烂的毒树,也许因为它们都是那样独特。其实银杏树是满身的正气,果实有微毒,可以食用。常见一些不很老的老太太,提着小筐去"捡白果"。

银杏树分雌雄。草地上对称处原有另一株,大概是它的配偶。这配偶命不好,几次被移走,有心人又几次补种。到现在还是垂髫少女,大概是看不上那老树的。一院院中,有两大株,分列甬道两旁,倒是原配。它们比二层楼还高,枝叶罩满小院。若在楼上,金叶银枝,伸手可取。我常想摸一摸那枝叶,但我从未上过这院中的楼,想来这辈子也不会上去了。

它们的集体更是大观了。临湖轩下小湖旁,七棵巨人似的大树站成一排,挡住了一面山。我曾不止一次写过那金黄的大屏风。这两年,它们的叶子不够繁茂,已经不像从前那样有气势了。树下原有许多不知名的小红树,和大片的黄连在一起,真是如火如荼,现在莫名其妙地消失了,大概给砍掉了。这一排银杏树,一定为失去了朋友而伤心罢。

砍去的树很多,最让人舍不得的是办公楼前的两大棵西府海棠,比颐和园乐寿堂前的还大,盛开时简直能把一园的春色都集中在这里。"文革"中不知它触犯了哪一位,顿遭斧钺之灾。至今有的老先生说起时,仍带着眼泪。可作为"老年花似雾中看"的新解罢。

还有些树被移走了,去点缀新盖的楼堂馆所。砍去的和移走的是寻不到了,但总有新的在生在长,谁也挡不住。

新的银杏便有许多。一出我家后角门,可见南边通往学生区的路。路很直,两边年轻的银杏树也很直,年复一年地由绿而黄。不知有多少年轻人走过这路,迎着新芽,踩着落叶,来了又走了,走远了——

而树还在这里生长。

1990 年 2 月 15 日—4 月 15 日

辑二

酒和方便面

酒,是艺术。

酒使人陶陶然,飘飘然,昏昏然,直至醉卧不醒,完全进入另一种境界。在那种境界中,人们可以暂时解脱人间各种束缚,自由自在;可以忘却营碌奔波和做人的各种烦恼。所以善饮者称酒仙,耽溺于饮者称酒鬼,却没有称酒人的。

酒能使人换到仙和鬼的境界,其伟大可谓至矣。而酒味又是那样美,那样奇妙!许多年来,常念及酒的发明者,真是聪明。

因为酒的好味道,我喜欢,却不善饮。对酒文化,更无研究,那似乎是一门奢侈的学问。只有人问黄与白孰胜时,能回答喜欢黄的,而不误会谈论的是金银。黄酒需热饮,特具一种东方风格。以前市上有即墨老酒,带点烟尘味儿,很不错。现在的封缸、沉缸,也不错,只是我不能多喝。有人说我可能生来具有那根"别肠",后因多次手术割断了。

就算存在那"别肠"，饮酒的机会也不多。有几次印象很深，但饮的都不是黄酒。

云南开远杂果酒，色殷红，味香甜。童年在昆明，常在中午大人午睡时，和兄、弟一起偷饮这种酒，蜜水一般，好喝极了。却不料它有后劲，过一会儿便头痛。宁肯头痛，还是偷喝。头痛时三人都去找母亲。母亲发现头痛原因，便将酒瓶藏过了。那时我和弟弟住一房间，窗与哥哥的窗成直角。哥哥在两窗间挂了两根绳子，可拉动一小篮，装上纸条，便成土电话。消息经过土电话而来，格外有趣。三人有话当面不说，偏忍笑回房写纸条。纸条上有各种议论，还有附庸风雅的饮酒诗。

如今兄、弟一生离一死别。哥哥远在异城，倒是不时打越洋电话来，声音比本市还清楚。

海淀莲花白，有粉红、淡绿两种颜色，味极醇远。在清华读书时，曾和要好的同学在校园中夜饮。酒从燕京东门外常三小馆买来。两人坐在生物馆高台阶上，望着馆前茂盛的灌木丛，丛中流过一条发亮的小溪。不远处是气象台，那时似乎很高。再往西就是圆明园了。莲花白的味道比杂果酒高明多了。我们细品美酒，作上下古今谈，自觉很是浪漫，对自己的浪漫色彩其实比对酒的兴趣大得多。若无那艳丽的酒，则说不上浪漫了。酒助了谈兴，谈话又成为佐酒的佳品。那时的谈话犀利而充满想象，若有录音，现在来听，必然有许多意外之处。这要好的同学现在是美国问题专家。清华诸友近来大都退化做老妪状,只有她还勇往直前,但也绝不饮酒了。

另一次印象深刻的饮酒经验是在一九五九年,当时我下放农村劳动锻炼。一年期满回京时,公社饯行,喝的是高粱酒,白的,清水一般,度数却高。到农村确实增长了见识,很有益处,但若说长期留下改造,怕是谁也不愿意。那时,"不做一阵子,要做一辈子"农民的壮志尚未时兴。饯行宴后肯定我们能回京,使人如释重负;何况还带有公社赠送的大红锦旗,写着"上游干将,为民造福",证明了我们改造的成绩。在高兴中,每人又有这一年不尽相同的经历和感受,喝起酒来,味道复杂多了。

公社干部豪爽热情,轮番敬酒。一般送行的题目喝过,便搬出至高无上的题目来:"为毛主席干杯!"大家都奋勇喝下。我则从开始就把酒吐在手绢上,已经换过若干条,难以为继了。到为这题目干过几次杯后,只好逃席。逃到住房,紧跟着追来一批人,举杯高呼:"为毛主席健康……"话音未落,我忍不住哇的一声呕吐起来。幸好那时距"文革"尚远,没有人上纲,不然恐怕北京也不得回了。

我们的队伍中醉倒几条好汉,躺在炕上沉沉睡去。公社书记关心地来视察,张罗做醒酒汤。那次饮酒颇有真刀真枪之感,现在想来犹觉豪迈。

酒是有不同喝法的。

据说一位词人有句云:"到明朝重携残酒,来寻陌上花钿。"君主见了一笑,说,何必携残酒? 提笔改作"到明朝重扶残醉,来寻陌上花钿",果然清灵多了。这是因为皇帝不在乎残酒,那词人就显出知识分子的寒酸气了。

寒酸的知识分子,免不了操持柴米油盐。先勿论酒,且说吃饭,这真是大题目。有时开不出饭来对付一家老小,便搬出方便面。所以我到处歌颂方便面,认为其发明者的大智慧不亚于酒的发明者。后来知道方便面主乃一日籍华人,已得过日本饮食业的大奖,颇觉安慰。

到我的工作单位去上班时,午餐便是一包方便面。几个人围坐进食,我总要称赞方便面不只方便,而且好吃。"我就爱吃方便面。"我边吃边说。

"那是因为你不常吃。"一位同事笑笑,不客气地说。

我愕然。

此文若在一九八七年底交卷,到这里会得出结论云,人需要方便面,酒则可有可无。再告一番煞风景罪,便可结束了。但拖延至今,便有他望。

一九八八年开始,我们吃了约十天的方便面,才知道无论什锦大虾何等名目的佐料,放入面中,其效果都差不多。"因为你不常吃"的话很有道理。常吃的结果是,所需量日渐减少。无怪嫦娥耐不住乌鸦炸酱面,奔往月宫去饮桂花酒了。

68

人生需要方便面充饥,也需要酒的品赏。

什么时候,我要好好饮一次黄酒。

一九八八年一月

风庐茶事

茶在中国文化中占特殊地位，形成茶文化。不仅饮食，且及风俗，可以写出几车书来。但茶在风庐，并不走红，不为所化者大有人在。

老父一生与书为伴，照说书桌上该摆一个茶杯。可能因读书、著书太专心，不及其他，以前常常一天滴水不进，有朋友指出"喝的液体太少"。他对茶始终也没有品出什么味儿来，茶杯里无论是碧螺春还是三级茶叶末，一律说好，使我这照管供应的人颇为扫兴。这几年遵照各方意见，上午工作时喝一点淡茶。一小瓶茶叶，终久不灭，堪称节约模范。有时还要在水中夹带药物，茶也就退避三舍了。

外子仲擅长坐功，若无杂事相扰，一天可坐上十二小时，照说也该以茶为伴。但他对茶不仅漠然，更且敌视，说"一喝茶鼻子就堵住"，天下哪有这样的逻辑！真把我和女儿笑岔了气，险些当场送命。

女儿是现代少女,喜欢什么七喜、雪碧之类的汽水,可口又可乐。除在我杯中喝几口茶外,没有认真的体验。或许以后能够欣赏,也未可知,属于"可教育的子女"。近来我有切身体会,正好用作宣传材料。

前两个月在美国大峡谷,有一天游览谷底的科罗拉多河,坐橡皮筏子,穿过大理石谷,那风光就不用说了。天很热,两边高耸入云的峭壁也遮不住太阳。船在谷中转了几个弯,大家都燥渴难耐。"谁要喝点什么?"掌舵的人问,随即用绳子从水中拖上一个大兜,满装各种易拉罐,熟练地抛给大家,好不浪漫!于是都一罐又一罐地喝了起来。不料这东西越喝越渴,到中午时,大多数人都不再接受抛掷,而是起身自取纸杯,去饮放在船头的冷水了。

要是有杯茶多好!坐在滚烫的沙岸上时,我忽然想,马上又联想到《孽海花》中的女主角傅彩云做公使夫人时,参加一次游园会,各使节夫人都要布置一个点,让人参观。彩云布置了一个茶摊。游人走累了,玩倦了,可以饮一盏茶,小憩片刻。结果茶摊大受欢迎,得了冠军,摆茶摊的自然也大出风头。想不到我们的茶文化,泽及一位风流女子,由这位女子一搬弄,还可稍稍满足我们民族的自尊心。

但是茶在风庐,还是和者寡,只有我这一个"群众"。虽然孤立,却是忠实,从清晨到晚餐前都离不开茶。以前上班时,经过长途跋涉，好容易到办公室，已经像只打败了的鸡。只要有一盏浓茶，便又抖擞起来。所以我对茶常有从功利出发的感激之情。如今坐在家里，成为名副其实的"两个小人在土上"的"坐"家，早餐后也必须泡一杯茶。有时天不佑我，一上午也喝不上一口，搁在那儿也是精神支援。

至于喝什么茶，我很想讲究，却总做不到。云南有一种雪山茶，白色的，秀长的细叶，透着草香，产自半山白雪半山杜鹃花的玉龙雪山。离开昆明后，再也没有见过，成为梦中一品了。有一阵很喜欢碧螺春，毛茸茸的小叶，看着便特别，茶色碧莹莹的，喝起来有点像《小五义》中那位壮士对茶的形容：香喷喷的，甜丝丝的，苦因因的。这几年不知何故，芳踪隐匿，无处寻觅。别的茶像珠兰茉莉大方六安之类，要记住什么味道归在谁名下也颇费心思。有时想优待自己，特备一小罐，装点龙井什么的。因为瓶瓶罐罐太多，常常弄混，便只好摸着什么是什么。一次为一位素来敬爱的友人特找出东洋学子赠送的"清茶"，以为经过茶道台面的，必为佳品。谁知其味甚淡，很不合我们的口味。生活中各种阴差阳错的事随处可见，茶者细枝末节，实在算不了什么。这样一想，更懒得去讲究了。

妙玉对茶曾有妙论，一杯曰品，二杯曰解渴，三杯就是饮驴了。茶有冠心苏合丸的作用，那时可能尚不明确。饮茶要谛应在那只限一杯的"品"，从咂摸滋味中蔓延出一种气氛。成为"文化",成为"道",都少不了气氛,少不了一种捕捉不着的东西,而那捕捉不着,又是从实际中来的。

若要捕捉那捕捉不着的东西,需要富裕的时间和悠闲的心境,这两者我都处于"第三世界",所以也就无话可说了。

一九九〇年二月

从"粥疗"说起

　　我从小多病，以这多病之身居然维持过了花甲，而且还在继续维持下去，也算不简单。六十年代后期，随着"文化大革命"这场大灾难，我也得了一场重病。年代久了，记忆便淡漠，似乎已和旁人平等了。可能是为了提醒吧，前年底，经历了父丧之痛之后，又是一次重病，成了遐迩闻名的大病号。

　　病中得到广泛而深厚的关心，让我有点飘飘然。有时卧床而"飘"，飘着飘着，想起二十多年前，我的夫弟——俗称"小叔子"的，他们只有兄弟二人，不必说明第几位——从上海寄了一本《粥疗法》，是本薄薄的旧书，好像还是古籍出版社一类的地方出版的。书中极称粥食之妙，还介绍了许多食粥之法。有的很普通，如山药粥、百合粥、莲子粥等，不必查书，我也曾奉食老父。有用肉类制作的，就比较复杂。无论繁简，都注明各有所治，"粥效"可谓大焉。不过此书的命运同我家多数小册子一样，在乃兄的管理下,不久就不见踪影,又是"只在此山中,云深不知处"了。

后来又听朋友说,还有一种书,题名为《一百种粥》,所记粥事甚详。可见"粥"在出版界颇不寂寞。

病中不能出门,只在房中行走。体力恢复到能东翻西翻时,偶见陆游有一首食粥诗:"世人个个学长年,不悟长年在目前。我得宛丘平易法,只将食粥致神仙。"再一研究,写《宛丘集》的张耒,更有一篇《粥记》,文字不长,兹录如下:

> 张安定每晨起食粥一大碗,空腹胃虚,谷气便作,所补不细,又极柔腻,与肠腑相得,最为饮食之良妙。齐和尚说,山中僧每将旦一粥,甚是厉害,如或不食,则终日觉脏腑燥渴,盖能畅胃气,生津液也。今劝人每日食粥以为养生之要,必大笑。大抵养性命求安乐亦无深远难知之事,正在寝食之间耳。

这位张耒是自称"吾苏学士徒也"的,如此再作推理,原来东坡也嗜粥。他说:"夜饥甚,吴子野劝食白粥,云能推陈致新,利膈益胃。粥既快美,粥后一觉,妙不可言。"

看来宋代便有不少大名士深知粥理。想想我曾那样不重视粥疗,不觉自叹所知太少。

南方人似乎喜吃泡饭胜于粥。幼时在昆明,一度住在梅家,曾和小弟还有从小到大的友伴和同窗梅祖芬三人一起偷吃剩饭。

那天的饭是用云南特产的一种香稻做的,用开水泡一下,还有什么人送来自制的腐乳,我们每人都吃了两三碗,直吃到再也咽不下,终于胃痛得起不了床。梅伯母不知缘故,见三人一起不适,甚感惊慌。好在服用酵母片后,个个痊愈。梅伯母现已年近百岁,对于一起胃痛的奥妙,还是不甚了然。当时若吃的不是泡饭而是粥,谅不至于胃痛。

一九五九年下放在桑干河畔,那里习惯用玉米糁子煮干饭,称为"格仁粥",煮成稀饭,则称"格仁稀粥"。我印象中稀粥比名为粥的干饭容易下咽多了。房东大娘把炒过的玉米、小米和豆类碾碎,煮成粥状,也笼统称为粥。下放回来后,大娘还托人带来一小口袋这种粥的原料,试者无不说好。但若吃久了,这些粥都比不上白米粥。只是大米在北方农村不多,米粥也就难得了。

有一阵子以为广东粥很好。记得那年夜游洛杉矶,午夜到一小吃店吃鱼片粥,只那端上来时的热气腾腾便赶走一半夜寒。碗中隐约现出嫩绿的葱花、浅黄的花生碎粒,略一搅动,翻起雪白的鱼片,喝下去不只暖适而且美味。回来每念及"广东粥",或外购或内制,总到不了那个水平。这也许和当时的身体情况以及环境有关。

陆游还有一首诗云:"粥香可爱贫方觉,睡味无穷老始知。要识放翁真受用,大冠长剑只成痴。"食粥的根本道理在于自甘淡泊。淡泊才能养生,身体上精神上都一样。所以鱼呀肉的花样

76

粥,总不如白米粥为好。白米粥必须用好米,籼米绝熬不出那香味来。而且必须黏润适度,过稠过稀都不行,还要有适当的小菜佐粥。小菜因人而异,贾母点的是炸野鸡块子,"咸浸浸的好下稀饭"。我则以为用少加香油白糖的桂林腐乳,或以落花生去壳衣,蘸好酱油和粥而食,天下至味。

不知当初东坡食白粥,用的什么小菜。

一九九二年一月初

星期三的晚餐

去年春来时，我正在医院里。看见小花园中的泥土变得湿润，小草这里那里忽然绿了起来，真有说不出的安慰和兴奋。"活着真好。"我悄悄对自己说。

那时每天想的是怎样配合治疗。为补元气，饮食成为一件大事。平常我因太懒，奉行"宁可不吃也不做"的原则。当然别人做了好吃的，我也有兴趣，但自己是懒得动手的。得了病，别人做来我吃，成为天经地义，还唯恐不合口味，做者除了仲和外甥女冯枚，扩及住得近的表弟表妹和多年老友立雕（韦英）夫妇。

立雕是闻一多先生次子，和我同岁。我和他的哥哥立鹤同班，可不知为什么我和闻老二比和闻老大熟得多。立雕知道我的病况后，认下了每星期三的晚餐，把探视的日子留给仲。因为星期三不能探视，就需要花言巧语费尽周折才能进到病房。每次立雕都很有兴致地形容他的胜利。后来我身体渐好，便到楼下去

"接饭"。见他提着饭盒沿着通道走来,总要微惊,原来我们都是老人了。

好一碗鸡汤面!油已去得干净,几片翠绿的菜叶,让人看了胃口大开。又一次是煮米粉,不知都放了什么作料,我居然把一碗吃完。立雕还征求意见:"下次想吃什么?""酿皮子。"我脱口而出,因为知道春华弟妹是陕西人。

"你真会挑!"又笑加一句,"你这人天生的要人侍候。"

又是一个星期三,果然送来了酿皮子。那东西做起来很麻烦,要用特制的盘子盛了面糊,在开水里搅来搅去。味道照例是浓重的。饭盒里还有一个小碟,放了几枚红枣。立雕说这是因为作料里有蒜,餐后吃点枣可以化解蒜味儿,是春华预备的。

我当时想,我若不痊愈,是无天理。

立雕不只拿来晚饭,每次还带些书籍来。多是关于抗战时昆明生活的。一次说起一九四五年一月我们随闻一多先生到石林去玩。闻先生那张口衔烟斗的照片就是在石林附近尾泽小学操场照的。

"说起来,我还没有这张照片呢。"我说。

"洗一张就是了。"果然下次便带来了那照片,比一般常见的大些。闻先生浓眉下双目炯炯有神,正看着我们,烟斗中似有轻烟升起。

闻先生身后有个瘦瘦的小人儿,坐在地上,衣着看不清,头发略长,弯弯的。"呀!"我叫了一声,"这是谁呀?"

素来反应迟钝的仲这次居然一眼看清,虽然他从未见过少年时代的我:"这是谁?这不是我们的病号嘛!"

立雕原来没有注意,这时鉴定认可。我身旁还有一个年轻人,不是立雕,也不是小弟,总是当时的熟人吧。

素来自命清高,不喜照相,人多时便躲到一边去。这回怎么了!我离闻先生不近,却正好照上了,而且在近五十年后才发现。看见自己陪侍闻先生在照片里,觉得十分快乐。

在昆明有一段时间,我们和闻家住隔壁。家门前都有西餐桌面大的一小块土地,都种了豌豆什么的,好掐那嫩叶尖。母亲和闻伯母常站在各自的菜地里交谈。小弟向立鹤学得站立洗脚法,还向我传授。盆放在凳子上,人站在地下,两脚轮流做金鸡独立状,我们就一面洗一面笑。立鹤很有才华,能绘画,善演戏,英语也不错,若是能够充分发挥,应也像三弟立鹏一样是位艺术家。可叹他在一九四六年的灾难中陪同闻先生在鬼门关走了一遭,一九五七年又被错误地批判,并受了处分,经历甚为坎坷,心情长期抑郁不畅。他一九八一年因病去世,似是同辈人中最早离去的。

那次去石林是西南联大学生组织的,请闻先生参加。当时立鹤、立雕兄弟,小弟和我都是联大附中学生,是跟着闻先生去的。先乘火车到路南,再骑一种矮脚马。我们那时都没有棉衣,记得在旷野中迎风骑马,觉得寒气逼人。骑马到尾泽后,住在尾泽小

80

学。以后无论到哪里都是步行了。先赏石林的千姿百态,为那鬼斧神工惊叹不止。再访瀑布大叠水、小叠水。给我印象最深的是尾泽附近的长湖。湖边的石奇巧秀丽,树木品种很多,一片绿影在水中,反照出来,有一种淡淡的幽光。水面非常安详闲适,妩媚极了,我以后再没有见到这样纯真妩媚的湖。一九八○年回昆明,再去石林,见处处是人为的痕迹,鬼斧神工的感觉淡得多了。没有人提到长湖,我也并不想再去,怕见到那本是不食人间烟火的天真烂漫,也沾惹上市井之气。

这张照片中没有风景,那时大同学组织活动,目的也不在风景。只是我太懵懂了,只记得在操场围成一个大圈子,学阿细跳月。闻先生讲话,大同学朗诵诗、唱歌,内容都不记得了。

一九八○年曾为闻先生衣冠冢写了一首诗,后半段有这样几句:"亲眼见那燃着的烟斗/照亮了长湖边的苍茫暮霭/我知道这冢内还有它/除了衣冠外。"原来照片中不只有它,还有我。

闻先生罹难后,清华不再提供住宅。父母亲邀闻伯母带领孩子们到白米斜街家中居住。我们住后院,闻伯母一家住前院。我常和立雕、小弟三人一道骑车。那时街上车辆不像现在这样拥挤,三人并排而行,也无人干涉。现存有几张当时在北海拍摄的相片,一张是立雕和我在白塔下,我的头发还是和在闻先生背后的那张上一模一样。后来我们迁到清华住了,他们一家经组织安排到了解放区。一晃便是几十年过去了。

在昆明时,教授们为生活所迫,不得不做点能贴补家用的营生。闻先生擅长金石,对美学和古文字又有很高的造诣,这时便镌刻图章,石章每字一千二百元,牙章每字三千元。立雕、立鹤兄弟两人有很好的观摩机会,渐得真传,有时也分担一些。立雕参加革命后长期做宣传工作,一九八八年离休,在家除编辑新编《闻一多全集》的《书信卷》之外,还应邀为浠水闻一多纪念馆设计和编写展览脚本。近期又将着手闻先生的影集《人民英烈闻一多》。看样子他虽离休了,事情还很多,时间仍是不敷分配。

看来子孙还是非常重要的。闻先生不只有子,而且有孙。《闻一多年谱长编》是由立雕之子闻黎明编写的。黎明查找资料很仔细,到昆明看旧报,见到冯爷爷的材料也都摘下。曾寄来蒙自"故居"的照片,问"璞姑"是不是这栋房子。房子不是,但在第三代人心中存有关切,怎不让人感动!

父亲前年去世后,立雕写了情义深重的信。信中除了要以他们兄妹四人名义敬献花圈外,还说:"伯父去世是我们国家和人民的重大损失。我永远忘不了在我们最困难的时候,伯父、伯母给我们的关怀、帮助和安慰。我们两家两代人的友谊,是我脑海中永不会消失的美好记忆与回忆。"

从那桌面大的豌豆地,从那长湖上的暮霭,友谊延续着,经过了星期三的晚餐,还在延续着。我虽伶仃,却仍拥有很多。我有知我、爱我的朋友,有众多的堂兄弟姊妹、表兄弟姊妹,还有因上一代友情延续下来的诸家准兄弟姊妹——

比起"文革"间那一次重病的惨淡凄凉,这次生病倒是蛮风光的,怎舍得离开这个世界呢。

活着真好。

一九九二年三月中写,四月底改

猫冢

十月份到南方转了一圈,成功地逃避了气管炎和哮喘——那在去年是发作得极剧烈的。月初回到家里,满眼已是初冬的景色。小径上的落叶厚厚一层,树上倒是光秃秃的了。风庐屋舍依旧,房中父母遗像依旧,我觉得一切似乎平安,和我们离开时差不多。见过了家人以后,觉得还少了什么。少的是家中另外两个成员——两只猫。"媚儿和小花呢?"我和仲同时发问。

回答说,它们出去玩了,吃饭时会回来。午饭之后是晚饭,猫儿还不露面。晚饭后全家在电视机前小坐,照例是少不了两只猫的。媚儿常坐在沙发扶手上,小花则常蹲在地上,若有所思地望着我。我总是和它说话,问它要什么,一天过得好不好。它以打哈欠来回答。有时就试图坐到膝上来,有时则看看门外,那就得给它开门。

可这一天它们不出现。

"小花，小花，快回家！"我开了门灯，站在院中大声召唤。因为有个院子，屋里屋外，猫们来去自由，平常晚上我也常常这样叫它，叫过几分钟后，一个白白圆圆的影子便会从黑暗里浮出来，有时快步跳上台阶，有时走两步停一停，似乎是闹着玩。有时我大开着门它却不进来，忽然跳着抓小飞虫去了，那我就不等它，自己关门。一会儿再去看时，它坐在台阶上，一脸期待的表情，等着开门。

小花被家人认为是我的猫。叫它回家是我的差事，别人叫，它是不理的。仲因为给它洗澡，和它隔阂最深。一次仲叫它回家，越叫它越往外走，走到院子的栅栏门了，忽然回头见我出来站在屋门前，它立刻转身飞箭似的跑到我身旁。没有衡量，没有考虑，只有天大的信任。

对这样的信任我有些歉然，因为有时我也不得不哄骗它，骗它在家等着，等到的是洗澡。可它似乎认定了什么，永不变心，总是坐在我的脚边，或睡在我的椅子上。再叫它，还是高兴地回家。

可是现在，无论怎么叫，只有风从树枝间吹过，好不凄冷。

七十年代初，一只雪白的、蓝眼睛的狮子猫来到我家，我们叫它狮子，它活了五岁，在人来讲，约三十多岁，正在壮年。它是被人用鸟枪打死的。当时它刚生过一窝小猫，好的送人了，只剩一只长毛三色猫，我们便留下了它，叫它花花。花花五岁时生了媚儿，因为好看，没有舍得送人。后来又有一只小猫没有送出。花花活了十岁左右,也是深秋时分,它病了,不肯在家,曾回来有气无力地叫了几声,用它那妩媚温顺的眼光看着人,那就是它的告别了。后来它忽然就不见了。猫不肯死在自己家里,怕给人添麻烦。

孤儿小猫就是小花。它是一只非常敏感、有些神经质的猫,非常注意人的脸色,非常怕生人。它基本上是白猫,头顶、脊背各有一块乌亮的黑,还有尾巴是黑的。尾巴常蓬松地竖起,如一面旗帜,招展得很有表情。它的眼睛略呈绿色,目光中常有一种若有所思的神情。我常常抚摸它,对它说话,觉得它不知什么时候就会回答。若是它忽然开口讲话,我一点不会奇怪。

小花有些狡猾,心眼儿多,还会使坏。一次我不在家,它要仲给它开门,仲不理它,只管自己坐着看书。它忽然纵身跳到仲膝上,极为利落地撒了一泡尿,仲连忙站起时,它已方便完毕,躲到一个角落去了。"连猫都斗不过!"成了一个话柄。

小花也是很勇敢的,有时和邻家的猫小白或小胖打架,背上的毛竖起,发出和小身躯全不相称的吼声。"小花又在保家卫国了。"我们说。它不准邻家的猫践踏草地。猫们的界限是很分明的,邻家的猫儿也不欢迎客人。但是小花和媚儿极为友好地相处,从未有过纠纷。

媚儿比小花大四岁,今年已快九岁,有些老态龙钟了,它浑身雪白,毛极细软柔密,两只耳朵和尾巴是一种娇嫩的黄色。小时可爱极了,所以得一媚儿之名。它不像小花那样敏感,看去有点儿傻乎乎。它曾两次重病,都是仲以极大的耐心带它去小动物门诊,给它打针服药,终得痊愈。两只猫洗澡时都要放声怪叫。媚儿叫时,小花东藏西躲,想逃之夭夭。小花叫时,媚儿不但不逃,反而跑过来,想助一臂之力。其憨厚如此。它们从来都用一个盘子吃饭。小花小时,媚儿常让它先吃。小花长大,就常让媚儿先吃。有时一起吃,也都注意谦让。我不免自夸几句:"不要说郑康成婢能诵毛诗,看看咱们家的猫!"

可它们不见了!两只漂亮的、各具性格的、懂事的猫,你们怎样了?

据说我们离家后几天中,小花在屋里大声叫,所有的柜子都要打开看过。给它开门,又不出来。以后就常在外面,回来的时间少。以后就不见了,带着爱睡觉的媚儿一起不见了。

"到底是哪天不见的?"我们追问。

都说不清,反正好几天没有回来了。我们心里沉沉的,找回的希望很小了。

"小花,小花,快回家!"我的召唤在冷风中,向四面八方散去。

没有回音。

猫其实不仅是供人玩赏的宠物,它对人是有帮助的。我从来没有住过新造的房子,旧房就总有鼠患。在城内迺兹府居住时,老鼠大如半岁的猫,满屋乱窜,实在令人厌恶。抱回一只小猫,就平静多了。风庐中鼠洞很多，鼠们出没自由。如有几个月无猫，它们就会偷粮食，啃书本，坏事做尽。若有猫在，不用费力去捉老鼠，只要坐着，甚至睡着喵呜几声，鼠们就会望风而逃。一次父亲和我还据此讨论了半天"天敌"两字。猫是鼠的天敌，它就有灭鼠的威风！驱逐了鼠的骚扰，面对猫的温柔娇媚，感到平静安详，赏心悦目，这多么好！猫实在是人的可爱而有利的朋友。

小花和媚儿的毛都很长，很光亮。看惯了，偶然见到紧毛猫，总觉得它没穿衣服。但长毛也有麻烦处，它们好像一年四季都在掉毛，又不肯在指定的地点活动，以致家里到处是猫毛。有朋友来，小坐片刻，走时一身都是猫毛，主人不免尴尬。

一周过去了，没有踪影。也许有人看上了它们那身毛皮——亲爱的小花和媚儿，你们究竟遇到了什么！

我们曾将狮子葬在院门内枫树下，它大概早融在春来绿如翠、秋至红如丹的树叶中了。狮子的儿孙们也一代又一代地去了，它们虽没有葬在冢内，也各自到了生命的尽头。"前不见古人，后不见来者"，生命只有这么有限的一段，多么短促。我亲眼看见猫儿三代的逝去，是否在冥冥中，也有什么力量在看着我们一代又一代在消逝呢？

一九九二年十一月上旬

萤火

点点银白的、灵动的光,在草丛中飘浮。草丛中有各色的野花:黄的野菊、浅紫的二月兰、淡蓝的"毋忘我"。还有一种高茎的白花,每一朵都由许多极小的花朵组成,简直看不清花瓣。它的名字恰和"毋忘我"相反,据说是叫作"不要记得我",或可译作"毋念我"罢。在迷茫的夜中,一切彩色都失去了,有的只是黑黝黝一片。亮光飘忽地穿来穿去,一个亮点儿熄灭了,又有一个飞了过去。

若在淡淡的月光下,草丛中就会闪出一道明净的溪水,潺潺地、不慌不忙地流着。溪上有两块石板搭成的极古拙的小桥,小桥流水不远处的人家,便是我儿时的居处了。记得萤火虫很少飞近我们的家,只在溪上草间,把亮点儿投向反射着微光的水,水中便也闪动着小小的亮点,牵动着两岸草莽的倒影。现在看到动画片中要开始幻景时闪动的光芒,总会想起那条溪水,那片草丛,那散发着夏夜的芳香,飞翔着萤火虫的一小块地方。

幼小的我,经常在那一带玩耍。小桥那边,有一个土坡,也算是山罢。小路上了山,不见了。晚间站在溪畔,总觉得山那边是极遥远的地方,隐约在树丛中的女生宿舍楼,也是虚无缥缈的。那时白天常和游伴跑过去玩,大学生们有时拉住我的手,说:"你这黑眼睛的女孩子!你的眼睛好黑啊!"

大概是两三岁时,一天母亲进城去了,天黑了许久,还不回来。我不耐烦,哭个不停。老嬷嬷抱我在桥头站着,指给我看桥那边的小道。"回来啦,回来啦——"她唱着。其实这完全不是母亲回来的路。夜未深,天色却黑得浓重,好像蒙着布,让人透不过气。小桥下忽然飞出一盏小灯,把黑夜挑开一道缝。接着又飞出一盏。花草亮了,溪水闪了。黑夜活跃起来,多好玩啊!我大声叫了:"灯!飞的灯!"回头看家里,已经到处亮着灯了,而且一片声在叫我。我挣下地来,向灯火通明的家跑去,却又屡次回头,看那使黑夜发光的飞灯。

照说幼儿时期的事,我不该记得。也许我记得的,其实是后来母亲的叙述,或自己更入事后的心境罢。但那一晚我在桥头的景象,总是反复地、清晰地出现在我眼前,那黑夜,那划破了黑夜的萤火,以及后来的灯光。

长大了,又回到这所房屋时,我在自己的房间里便可以看到起伏明灭的萤火了。我的窗正对着那小溪,溪水比以前窄了,草丛比以前矮了,只有萤火,那银白的、有时是浅绿色的光,还是依旧。有时抛书独坐,在黑暗中看着那些飞舞的亮点,那么活泼,那么充满了灵气,不禁想到《仲夏夜之梦》里那些会吵闹的小仙子;又不禁奇怪这发光的虫怎么未能在《聊斋志异》里占一席重要的地位。它们引起多么远、多么奇的想象。那一片萤光后面的小山那边,像是有什么仙境在等待着我。但是我最多只是走出房来,在溪边徘徊片刻,看看墨色涂染的天、树,看看闪烁的溪水和萤火。仙境么,最好是留在想象和期待中的。

日子一天天热闹起来。解放、毕业,几乎每个人都觉得自己在发光。我们是新中国成立后第三届大学生。毕业前夕,一个星光灿烂的夜晚,和几个好友,久久地坐在这溪边山坡上,望着星光和萤光。我们看准一棵树,又看准一个萤,看它是否能飞到那棵树,来卜自己的未来。几乎每一个萤火虫都能飞到目的地,因为没有飞到的就不算数。那时,我们的表格里无一不填着:"坚决服从分配,到祖国最需要的地方去!"无论分到哪里,我们都会怀着对美好未来的向往扑过去的。星空中忽然闪了一下,是一颗流星划过了天空。据说流星闪亮时,心中闪过的希望是会如愿的,但我们谁也没有再想要什么。只觉得重任在肩,而且相信任何重任我都担得起。难道还有比这种信心更使人兴奋、欢喜的么?虽然我知道自己很小,小得像萤火虫那样,萤火虫却是会发光的,使得黑夜也璀璨美丽,使得黑夜也充满了幻想。

奇怪的是,自从离开清华园,再也不曾见到萤火虫。可能因为再也没有住在水边了。后来从书上知道,隋炀帝在江都一带经营过"萤苑",征集"萤火数斛",为夜晚游山之用。这皇帝连萤火虫都不放过,都要征来服役,人民的苦难,更可想见了。但那"萤苑"风光,一定是好看的。因为那种活泼的光,每一点都呈现着生命的力量。以后无意中又得知萤火虫能捕食害虫,于农作物有益,不觉十分高兴。便想,何不在公园中布置个"萤苑",为夏夜增光,让曾被皇帝拘来当劳工的萤火虫,有机会为人民服务呢。但在那"十年浩劫"中,连公园都几乎查封,那"萤苑"的构思,早就逃之夭夭了。

前几天,偶得机缘,和弟弟这个从小的同学往清华走了一遭。图书馆看去一次比一次小,早不是小时心目中的巍峨了。那肃穆的、勤奋的读书气氛依然,书库中的玻璃地板也还在,底层的报刊阅览室也还是许多人站着看报。弟弟说他常做一个同样的梦——到这里来借报纸。底层增了检索图书用的计算机,弟弟兴致勃勃地和机上人员攀谈,也许他以后的梦,要改变途径了。我的萤火虫却从未在梦中出现。行向小河那边时,因为在白天,本不指望看见萤火,但以为草坡上的"毋忘我"和"毋念我"总会显出颜色。不料看见的,是一条干涸的沟,两岸干黄的土坡,春雨轻轻地飘洒,还没有一点绿意。那明净的、潺潺的、不慌不忙流着的溪水,已不知何时流往何处了。我们旧日的家添盖了房屋,现在是幼儿园了。虽是假日,还有不少孩子,一个个转动着点漆般的眼睛看着我们。"你们这些黑眼睛的孩子!好黑的眼睛啊!"我不由得想。

事物总是在变迁,中心总要转移的。现在清华主楼的堂皇远非工字厅可比了。而那近代物理实验室中的元素光谱,使人感到科学的光辉,也是萤火虫们望尘莫及的。我们骑着车,淋着雨,高兴地到处留下校友的签名。从一〇年代到七十年代排过来的长桌前,那如同戴着雪帽般的白头发,那敦实可靠的中年的肩膀,那发亮的、润泽的皮肤和眼睛,俨然画出了人生的旅程。我认为,在这条漫长而又短促的道路上,那淡蓝和纯白的花朵,"毋忘我"和"毋念我",是必不可少的。因为人世间,有许多事应该永远记得,又有许多事是早该忘却了。

但总要尽力地发光,尤其是在困境中。草丛中飘浮的、灵动的、活泼的萤火,常在我心头闪亮。

一九八〇年六月

京西小巷槐树街

这是一条长不足百米的胡同,两侧皆植槐树,掩映着一个个小宅院。名为槐树街,可谓名副其实。这一带街道,再没有种槐树的,若寻槐树街,认准槐树便是。

可能因为短小,人们说到它时,加之以"儿"——槐树街儿,似乎很亲热。树荫后面人家,经过许多变迁了,门前高台阶大都破旧不堪,双扇院门上的对联字迹模糊,很难辨认。有些双扇门已改为房门一样单扇门了,开在胡同里,有点不伦不类。但那门前歪斜的台阶,门上剥落的字迹,以及两行槐树,仍然像北京的数千条胡同一样,给人一种遥远的、宁静的气氛。

这个居民点总称成府,位于北大和清华之间。以前的燕京和清华,现在的北大和清华,都有教职工住在这里。

一个黄昏,我站在槐树街口,目的是看一看槐树街十号。

找到十号。门洞窄小,房子没有格局,直觉地感到不对。一个人出来说,原来的十号改为九号了,请到隔壁。

隔壁有几层台阶,门扇依然完好,若油漆一下,还是很像样的。经过仔细辨认,认清了门上的字——"中心育物,和气生春"。

我不记得这副对联。

进门向右,穿过一个小夹道,眼前豁然开朗,这是一个真正的四合院,正门朝北,垂花门开在西侧,正房对面建有南房。四面房屋都很整齐,木格窗,正房还有雕花。

院中几个人在闲坐,拿着蒲扇。旁边一棵石榴,正开着火红的花朵。正房前搭葡萄架,翠绿的叶子垂下来。多少年不见这样的院子了!

"这是我的出生地,就在这北房里。"寒暄后说明来意。

他们大概是东厢房的住户,很殷勤,却没有邀我进房去参观。只问:"走了多少年了? 出国了吧?"

其实我出生后两个月,随父母迁到清华。转了几十年,并没有转出北大清华这一带,很觉惭愧,只好含糊应了一句。

"我们是北大的职工,这房子属北大,新十号属清华。"他们介绍,"现在这院子住了八家。"

四面房屋前都搭了小棚屋,还停着一辆平板车,上有玻璃罩,写着"米酒"。

"是第二职业了?"我笑问。他们说是邻居的,当然是业余的。

告辞时主人说欢迎常来。我知道我不会常来。

出了门，见斜对过有彩灯一闪一闪，原来是开了一家冷饮小店。记得邻近的蒋家胡同有一间常三酒馆，当年是燕京学生们谈心的好地方，专营海淀莲花白，那酒有的粉红，有的青绿。后来酒馆改为门市部，专营全世界到处买得到的东西。走过时张望了一下，心中诧异，怎么没有听说常三酒馆要重新开张。

走过新建的砖房，简直说不出是什么式样。两墙之间有一条极窄小的胡同，仅容一人行走，通过去不知是哪里。墙上挂着崭新的牌子"新胡同"，也是名副其实。

一阵清脆的笑声，从新胡同跑出几个女孩子。她们是要跳房子还是跳皮筋？我站住等着。她们不跳什么，笑着跑远了，把笑声留在胡同里。

一九九三年六月五日

风庐乐忆

清华园乙所曾是我的家。它位于园内一片树林之中。小时候觉得林子深远茂密,绿得无边无涯,走在里面,像是穿过一个梦境。抗战时在昆明,对北平的怀念里,总有这片林子。及至胜利后,再住进乙所,却发现这林子不大,几步便到边界,也没有回忆中的丰富色彩。

复员后的一年夏天,有人在林中播放音乐,大概是所谓的音乐茶座吧。凭窗而立,音乐像是从绿色中涌出来,把乙所包围了,也把我包围了。常听到的有舒伯特的《未完成交响曲》,这是很少的我记得旋律的乐曲之一。还有贝多芬的《田园》、莫扎特的弦乐四重奏、柴可夫斯基的《悲怆》等。每当音乐响起时,小树林似乎扩大了,绿色显得分外滋润,我又有了儿时往一个梦境深处飘去的感觉。

清华音乐室很活跃,学生里音乐爱好者很多。学余乐手颇不乏人,还出了些音乐专业人才。我是不入流的,只是个不大忠实的听众而已。因为自己有的唱片很有限,常和同学一起到美国教授温德先生家听音乐。温德先生教我们英诗和莎士比亚,又深谙古典音乐。他没有家室,以文学和音乐为伴。在他那里听了许多经典名作,用的大都是七十八转唱片。每次换唱片,他都用一个圆形的软刷子把唱片轻刷一遍,同时讲解几句。他不是上课,不想灌输什么。现在大家都不记得他讲什么,却记得他最不喜欢柴可夫斯基,认为柴可夫斯基太感伤。有一次听肖邦,我坐在屋外台阶上,月光透过掩映的花木照下来。我忽然觉得肖邦很有些中国味道。后从《傅雷家书》中得知确实中国人适合弹肖邦。有很长一段时间,我最偏爱肖邦。

　　以后在风庐里住的约四十年中,听音乐的机会随客观情况的变化而忽少忽多,只是再没有固定的音乐活动了,也没有人义务为大家换唱片了。最后一次见到温德是在北大校医院楼梯口,他当时已一百岁,坐在轮椅上,盖着一条毯子。我忙趋前问候。他用英语说:"他们不让我出去! 告诉他们,我要出去,到外面去!"我找到护士说情。一位说,下雨呢,他不能出去。又一位说,就是不下雨,也不能去。我只好回来婉转解释,他看住我,眼神十分悲哀。我不忍看,慌忙告别下楼去,一路蒙蒙细雨中,我偏偏仿佛听到柴可夫斯基第六交响曲中那段最哀伤的曲调。温德先生听见了什么,我无法问他。

这几年稳定,便成为愈来愈忠实的听者,海淀这边有音乐会时,常偕外子前往。好几次见满场中只有我两人发染银霜,也不觉得杂在后生群中有什么不妥。有一次中央乐团先演奏一个现代派的名作,休息后演奏贝多芬的第七交响曲,在饱受奇怪音响的磨难之后,觉得第七交响曲真好听!它是这样活泼而和谐,用一句旧话形容,让人全身三万六千个毛孔都通开了。又一次有一位苏联女钢琴家来演奏拉赫玛尼诺夫第二钢琴协奏曲,于是满怀热望到场,谁知她的演奏十分苍白无力。我却也不沮丧,总算当场听过一次了。在海淀听过几次肖斯塔科维奇,发现他是那样深刻,和我们的心灵深处很贴近很贴近。一九九一年严冬,我刚结束差不多一年病榻生活,还曾不顾家人反对,远征到北京音乐厅听莫扎特的安魂曲。记得刚一看见"莫扎特"这几个字,便感到安慰。

严肃音乐不景气,音乐会少多了。要听音乐,当然还是该自己拥有设备。我毫无这方面的志向,只是书已够我对付,够我"恨"了,怎受得了再加上磁带、唱片、CD什么的。我憧憬的是家徒四壁,想看书到图书馆,想听音乐一按收音机。许多国家有专播古典音乐的电台,我希望我们在这一点能赶上,不必二十四小时,八小时也够了,可不能安排在夜里。

现代音乐理论家黎青主曾说音乐是"上界的语言",并引马丁·路德的诗句:"谁从事音乐就是有了一份上界的职业。"他自已解释说,音乐是灵魂的语言,是灵界的一种世界语言。音乐在诸门艺术中确是最直接诉诸灵魂的,是没有国界的。对"上界的语言"这话,我还想到两层意思:一是可以用来形容音乐的美,另一层意思我用一句话来表达,那就是,能听一点音乐的人有福了。

一九九三年十一月

客有可人

这天天气很好。我想在客厅摆些花。五月初，花不少，插两枝丁香或几朵月季就可以添许多生气。可是似乎到客人来了，花也没有插上。

客人是英国人。一位是多丽斯·莱辛，根据报上的称呼，她是一位文豪。另一位玛格丽特·德拉布尔，则是著名作家。同来的还有德拉布尔的夫婿麦克尔·霍罗尔伊德，是传记文学作家。两位女作家的大名我当然知道，但没有读过她们的书。九年前访英时她们不在伦敦，未曾谋面。这次得知她们要来访我，心下是有几分诧异的。

《中国大百科全书·外国文学卷》中有莱辛小传。她一九一九年生于英属伊朗，童年时全家迁到英属罗得西亚，一九四九年才返回伦敦定居。对于祖国来说，她是一个异乡人，一定会有很多不寻常的感受。卷中说，她写作题材广阔，富有社会意义。"西方有的评论家认为,莱辛是当代英国最优秀的女作家,堪与简·奥斯丁和乔治·艾略特媲美。"她的作品有《青草在歌唱》《天狼星的试验》《优秀的恐怖分子》等数十种。在向百科全书讨教之余,我记起有人送过我一本莱辛的短篇小说集《习惯的爱》(抑或《爱的习惯》?),为了领略文风,很想找来翻一翻,但是书籍一入风庐,向来难以寻觅,于是临时的佛脚也没有抱成。

德拉布尔是一位女性文学的现实主义作家,著有《光辉的道路》《自然的好奇》和《象牙之路》三部曲等书。由于文学上的成就,已被封为英国勋爵。她生于一九三九年,一家人都毕业于剑桥大学。我在伦敦时倒是见过她的姐姐安托尼亚·勃雅特,也是一位小说家。她们的妹妹海伦是艺术史家,弟弟理查德是一位法官。关于玛格丽特·德拉布尔的介绍,总是全家出动的。

她们进了院门,从小径上走过来了。莱辛是一位瘦削的小老太太,满头银发。德拉布尔则较高大,看去不像年过半百。英语系教授陶洁陪同前来。她们刚刚在英语系会见学生,讲了英国文学情况。

坐定后献茶。这时莱辛对我说:"我不喝印度红茶。"我一愣,顿时想起贾母不喝六安茶的声明,想来这是老年人的性情。当即回答说我这里没有印度红茶,我们喝的是北京花茶。"茶叶用茉莉花熏过的。"陶洁的英语极流利。

茶过三巡,话也说了不少。她们所以来访,原来是因为读了我那篇小说《鲁鲁》(见于《1949 — 1989 中国最佳短篇小说》)。这书是中国文学出版社编选出版的,前面有李子云序。全书无论从哪方面看都很好,子云的序也很精彩。最令我高兴的是《鲁鲁》的译文,除一些小地方不够准确(谁也难免)外,颇为传神。好几年前,澳大利亚一家出版社出版了一本中国女作家三人集《吹过草原的风》,内有《鲁鲁》,译文较为生硬。有的翻译更看不出原作面貌了。上述《最佳短篇小说》中《鲁鲁》的译者是克利斯朵夫·司密斯。

她们说她们喜欢动物,也喜欢写动物的作品。奇怪的是她们没有读过屠格涅夫的《木木》。话题转到英国文学,说起哈代。莱辛说她喜欢哈代,最喜欢《无名的裘德》。我想我最喜欢的是《还乡》,其中游苔莎一心向往大城市的心态,现在若重读,定会有新的感受。

她们去过了八达岭。莱辛说那一条路很像意大利(希望我没有记错)。她问我写不写长篇小说,我说写的。她说希望早读到,可得找个好翻译。她的小说《金色笔记》已译成中文,我没有勇气替她看看文笔如何,以前读书读稿一目数十行,随意间就完成,现在数行之后眼睛就发花,想看也看不见了。

话题转向了德拉布尔。我说你们家很像勃朗特姊妹一家,三姊妹都写作,有一个兄弟。她笑起来,说:"大家都这么说。可是我们的弟弟比她们的强多了。"勃朗特家的男孩游手好闲,有人请客,常找他陪着说话,类似清客一流人物。说话间,德拉布尔送我一本图文并茂的书《作家的不列颠》,其中有许多作家故居和他们吟咏描写过的景物。莱辛也拿出书来,但并不送我,而是交给陶洁,赠英语系。当然这样读这书的人会多得多,是好办法。两个多月后,莱辛从伦敦寄了书来赠我,书名《伦敦观察》,是一本短篇小说集,内容多为自己成为祖国的异乡人这类感受,正是我关心的。

霍罗尔伊德不只写传记,还做了许多组织工作,曾任英国作家协会主席、英国笔会中心主席。他话不多,显得很谦逊。在座的还有英语系教授陈瑞兰,她翻译了多篇安格斯·威尔逊的小说。客人们希望见她,可能也希望她多译些英国作品吧。

过了几天,数理逻辑专家兼哲学家王浩教授偕夫人哈娜来访。王浩兄留了胡子,须发灰白,若在路上相遇,一定认不得了。他的成就是大家熟悉的,于此不多赘。他们从美国来参加北大校庆,特别是数学系系庆,后在勺园小住。哈娜是捷克人,思路活泼敏捷,说的英语很悦耳。我觉得她很可爱。她说她到北大来,只想见一个人,可惜见不到了,那就是我的父亲——冯友兰先生。人见不到,还可以看看三松,看看遗著,看看我,于是来到三松堂。哈娜说她最喜欢《中国哲学简史》这本书,我们马上互引为同调。我素以为《简史》是一本出神入化的书。写这书时,父亲已有哲学史方面的研究成绩,又创造了自己的哲学体系,两卷本《中国哲学史》和"贞元六书"俱已流传。《简史》将两方面成就融会贯通，深入浅出，内行不觉无味，外行不觉难懂。还有经过卜德教授润饰的英文，可谓清丽流畅。哈娜还喜爱文学，对莱辛、德拉布尔的作品都很熟悉。也说起勃朗特姊妹。人处五洲，肤色各异，可是谈起来都很了解。世界真像个大家庭。

座间还有清华学长唐稚松。他一九四八年到香港，我父亲写信叫他回来，他就回来了。唐兄现任中科院学部委员，一项研究成果获国家自然科学一等奖，为国家人民做出了贡献。除是科学家外，他还是诗人，旧诗格调极高，有"志汇中西归大海，学兼文理求天籁"之句。一九五一年陈寅恪先生曾专函召他赴穗任唐诗助教，可见其造诣。他因另有专长，未能前往。

和王、唐两位谈话，每觉有新趣。他们都是"志汇中西""学兼文理"的人物，聚在一起，真是难得。遗憾的是，说的话我渐渐不懂了，虽用心听着，还如在五里雾中坐地。

八月下旬，美国女学者欧迪安来访。她是冯学研究专家，最近将几篇研究冯学的论文译成英文，自己写了一篇洋洋洒洒的序，将在美国出版。她极赞赏父亲对郭象的见解，屡次提到。我乃赠以一本冯氏英译《庄子》，其中有一篇专论郭象的文章。她真是大喜过望，如获至宝。她这次要查清冯著每一本书的出版年月，十分认真仔细。有一本书一时找不到，她辗转问过许多人，那晚深夜又问到我这里，经过补充的线索，终于查清。

我还想起另一位女学者——日本的后藤延子。《三松堂全集》中有的文章是她在日本找到的。她也是不肯有一点马虎的，对我们有些学者大而化之的作风频频摇手兼摇头。《三松堂全集》总编纂涂又光曾慨叹道："若不认真努力，愧对延子。"

坚忍执着，知其不可而为之，本是我民族精神的重要组成部分，现在似乎是要渐渐融化在滔滔商海中了。不要说皓首穷经，就是肯安下心来坐一坐冷板凳的人也愈来愈少了。

然而总有希望。我想起另一位来访者。

七十年代末，大家刚刚可以随意走动，三松堂来了个李姓青年人，年纪不过十八九岁，家在河南某县农村。他来的目的，是谈谈读书。他非常喜欢读书，村里无书，便每天步行数十里路，到地区（似是洛阳）图书馆去读书，回家往往在深夜。我后来根据他的谈话写了童话《星之泪》，写星星为一位好学的年轻人照亮路程。他的读书范围很广，除中国经典书籍外，那时正在读西方启蒙运动时的著作。他很想读狄德罗的《拉摩的侄儿》，却找不到。我发愿若买到一定寄去。我把他的地址姓名的纸条放在砚台里，过了好几年，纸条终于不见了。

那年轻人后来不知读了多少书，又不知走上了哪一条生活之路。我想，在读书做学问的道路上，总会有更年轻的人跟上来的。

一九九三年十二月

药杯里的莫扎特

一间斗室,长不过五步,宽不过三步,这是一个病人的天地。这天地够宽了,若死了,只需要一个盒子。我住在这里,每天第一要事是"烤电",在一间黑屋子里,听凭医生和技师用铅块摆出阵势,引导放射线通行。是曰"摆位"。听医生们议论着铅块该往上一点或往下一点,便总觉得自己不大像个人,而像是什么物件。

精神渐好一些时,安排了第二要事:听音乐。我素好音乐,喜欢听,也喜欢唱,但总未能登堂入室。唱起来以跑调为能事,常被家人讥笑。好在这些年唱不动了,大家落得耳根清净。听起来耳朵又不高明,一支曲子,听好几遍也不一定记住,和我早年读书时的过目不忘差得远了。但我却是忠实,若哪天不听一点音乐,就似乎少了些什么。在病室里,两盘莫扎特音乐的磁带是我亲密的朋友,使我忘记种种不适,忘记孤独,甚至觉得斗室中天地很宽,生活很美好。

三小时的音乐包括三个最后的交响乐《第三十九交响曲》《第四十交响曲》《第四十一交响曲》，还有钢琴协奏曲、提琴协奏曲、单簧管协奏曲等的片段。《第四十交响曲》的开始，像一双灵巧的手，轻拭着听者心上的尘垢，然后给你和着淡淡哀愁的温柔。《第四十一交响曲》素以宏伟著称，我却在乐曲中听出一些洒脱来。他所有的音乐都在说，你会好的。

会吗？将来的事谁也难说。不过除了这疗那疗以外，我还有音乐。它给我安慰，给我支持。

终于出院了，回到离开了几个月的家中，坐下来，便要求听一听音响，那声音到底和用耳机是不同的。莫扎特《第二十一钢琴协奏曲》的第二乐章，提琴组齐奏的那一段悠长美妙的旋律简直像从天外飘落。我觉得自己似乎已融化在乐曲间，不知身在何处。第二乐章快结尾时，一段简单的下行的乐音，似乎有些不得已，却又是十分明亮，带着春水春山的妩媚，把整个世界都浸透了。没有人真的听见过仙乐，我想莫扎特的音乐胜过仙乐。

别的乐圣们的音乐也很了不起，但都是人间的音乐。贝多芬当然伟大，他把人间的情与理都占尽了，于感动震撼之余，有时会觉得太沉重。好几个朋友都说，在遭遇到不幸时，柴可夫斯基是不能听的，本来就难过，再多些伤心又何必呢。莫扎特可以说是超越了人间的痛苦和烦恼，给人的是几乎透明的纯净，充满了灵气和仙气，用欢乐、快乐的字眼不足以表达。他的音乐是诉诸心灵的,有着无比的真挚和天真烂漫,是蕴藏着信心和希望的对生命的讴歌。

在死亡的门槛边打过来回的人会格外欣赏莫扎特,膜拜莫扎特。他自己受了那么多苦,但他的精神一点没有委顿。他贫病交加,以致穷死、饿死,而他的音乐始终这样丰满辉煌,他把人间的苦难踏在脚下,用音乐的甘霖润泽着所有病痛的身躯和病痛的心灵。他的音乐是真正的"上界的语言"。

虽然时代不同,文化背景不同,专业不同,莫扎特在音乐领域中全能冠军的地位有些像我国文坛上的苏东坡。莫扎特在短促的人生旅程中写出了交响乐、协奏曲、独奏曲、歌剧等许多伟大作品。音乐创作中几乎什么都和他有关,近来还考证出他是摇滚乐的祖师爷。苏东坡在宦游之余写出了诗词文赋等各种体裁的作品,始终是未经册封的文坛盟主。他们都带有仙气,所以后人称东坡为坡仙,传说中八仙过海时来了九朵莲花,第九朵是接东坡的,但他没有去。莫扎特生活在十八世纪,世界已经脱离了传说,也少有想象的光彩了,我却愿意称他为"莫仙"。就个人生活来说,东坡晚年屡遭贬谪直到蛮荒之地,但在他流放的过程中,始终有家人陪伴,侍姜王朝云为侍奉他而埋骨惠州。莫扎特不同,重病时也没有家人的关心,但是他不孤独,他有音乐。(比较起来,中国女子多么伟大!)

回家以后的日子里,主要内容仍是服药。最兴师动众且大张旗鼓的是服中药。我手捧药杯喝那苦汁时,下药(不是下酒)的是音乐。似乎边听音乐边服药,药的苦味也轻多了。听的曲目较广,贝多芬、柴可夫斯基、肖邦、拉赫玛尼诺夫等,还有各种歌剧,都曾助我一口(不是一臂)之力。便是服药中听勃拉姆斯,发现他的《第一交响曲》很好听。但听得最多的,还是莫扎特。

热气从药杯里冉冉升起,音乐在房间里回绕。面对伟大的艺术创造者们,我心中充满了感激。我觉得自己真是幸运而有福气,生在这样美好的艺术已经完成之后——而且,在我对时间有了一点自主权时,还没有完全变成聋子。

一九九四年一月

下放追记

那是冬天，我们坐着大车慢慢地走近村庄，但路旁的果树还很茂密。不远处的桑干河水结了冰，如一条发亮的银带，蜿蜒远去。我们进了这个村子，住下来，开始下放锻炼。

村名温泉屯，属河北省涿鹿县。涿鹿县后来和怀来县合并，后来听说又分开，不知现在到底是什么地名。不过温泉屯始终在桑干河畔，没有移动。我在那里的一段生活，和我一生中的其他岁月大不相同。

记得下放回来以后，我曾想写一点文字。当时写了一篇短文，题目是《第七瓶开水》，写我的房东老大娘，在我到别的村子去的日子里，每天为我换新的开水，换到第七瓶，我才回来。原稿的第一句话是"天下的母亲都是慈爱的"，写下来一看，不对，这不是人性论的说法吗？赶快删去！那时处在一个随时随地要进行思想改造的地位，而且认为这是自己的责任，自己随时把头上的金箍再按按紧,这样也就把想说的话按了回去。写出的文章不可读,所以也就不写。现在看来,往事如同发黄了的旧照片,只有一片模糊。不过有些画面反而分明,因为看到了它的来龙去脉,把它烘托得明朗了。

我们下去的时候,还在"大跃进"运动中,家家户户吃食堂。报上不停地宣传食堂的优越性,而我们在村庄里看到的是男女老少捧着碗、排着队等那一口吃食。尤其是老人和小孩,站不动了也要排着,看了让人心酸。问食堂好不好,他们不敢说,只是苦笑。我曾想给中央写信,但是我没有足够的勇气。赵树理同志是写了信的,后来受到批判。那次批判我也参加了,赵树理检查说:"是我自己没有学习好理论,没有听党的话。"我听了十分难过,但是我还是没有勇气站出来说:他是对的。

我们跟着村民一起夜战,挖大渠、修水库。我们和村干部一起做报表,报告一个麦穗上有几粒麦子。无论怎么样日以继夜地拼命,达到谎话连篇的报表数字是不可能的。村民很朴实,村干部中也没有什么品质特别恶劣的人,但是假话成了一种正常现象,假话成了真的,真话倒被认为是假的。如果没有亲身到农村,我可能也要积极参加反"右倾"运动,用假话批判真话。幸而我有这个机会看到书斋以外的世界。

下放生活中充满了政治。我们经常开小组会,谈心得体会,进行批评和自我批评。一位同志新婚不久难免想家,因私自回京受到批判,现在想来真是不近人情。然而在以阶级斗争为生活主线的年代,"人情"是划给了资产阶级、小资产阶级的。每期下放中间要整风,必须找出批判对象,人人都可能摊上这一身份,生性谨慎些的人索性事事汇报,自己不负任何责任。后来我想,这也是由于社会原因产生的一种生活方式,完全丧失了自我,甚至是自觉自愿的。

除下放干部内部经常斗争外,农村的各种运动没有消停。要走社会主义道路,要巩固公社,就得斗争。这时候被整的多是社员。到我们回京后,在全国的大饥馑中,便是查抄村干部的家了,翻箱倒柜,看他们有没有私藏粮食,哪里有一点对人的起码尊重!我没有赶上参加这种查抄,暗地有些庆幸。

在下放中,我体会到生活比较原始的面貌。我们周围再没有墙壁,我们和天空、田野,和收获的喜悦、灾难的伤痛都离得很近。那一年夏天,桑干河泛滥,平时安静徐缓的河水,忽然变得面目狰狞,从远处咆哮而来。我们和村民一起运沙袋、搬石头,后来大家把所有的棉被都拿到堤上去了。河水里不断漂下来破门破窗和破烂的家什,还有大牲口的尸体。我们在堤上守望,随时有灭顶之灾,没有谁想到走开,也不觉得怕。村里似乎也没有组织疏散,就这样和洪水对峙,总有两三天光景。最后是人定胜天,战胜了洪水。有一次,在从当时公社所在地五堡到温泉屯的路上遇见大雷雨,土路很快成了泥潭,拔不出脚来,到后来只好手足并用。大野茫茫,每一个闪电都像劈在自己头上,我和两个村干部就这样一路跌跌跤,到村后都成了泥人儿。远远望见自己的村庄时,真觉得房屋是太可爱了。进了家门,我没有忘记说一句:这真是经风雨,见世面了。

我们参加劳动,冬末春初,为准备春耕平整土地。人们用锄或锹把土块打碎,是为"打土坷垃"。这是力气活,很累人。我喜欢绑葡萄这活计。用马莲叶子把碧绿细嫩的葡萄须绑在架子上,看它们经过人们调理服服帖帖有规有矩,一架架葡萄排下去,像趴伏在地上的一队队小兽,觉得自己帮助了它们,感到劳动的意义。

温泉屯果树多,尤其多的是杏和香果,北京人称香果为"虎拉车",不知是否这几个字。春来花如海,一片粉白,香气飘得很远。我们在果园的活是打药。没有任何防护,杀虫药的气味很难闻。我总是告诫自己不可畏缩,这就是改造。

公社希望我们写一本公社史,我曾和好几位参加过各种工作的人谈话,给我印象最深的是他们总是记得哪年哪月吃过什么样的饭。一位当时跑交通的农民说,他曾翻越几重山送一件急信。他说,头一天在一个村里吃的格仁粥,即玉米磨碎煮成干饭,第二天在一个村里吃的是绿豆小米干饭,那对他是盛宴,说起来似仍在咂摸那饭的滋味。温泉屯的支书不合原则地怀念解放前的日子,说那时村里小铺卖的油饼真好吃,现在没有了。在六十年代的饥饿中,我对他们记忆的重点稍有体会。千千万万的农民种出粮食养活大家,可是对他们来说,饥饿的威胁并没有远离。

下放一年,我是有收获的,曾想,学生如能在假期到农村去几个月,亲近农民——那毕竟是中国人的大多数,会更好地了解自己的国家,也更懂得我们的历史,只是,那些政治斗争可以免去。

一九九六年五月

一九六六年夏秋之交的某一天

本来以为有些事是永不会忘记的。许多年过去了，回想起来，竟然不只少了当时那种泉喷潮涌的感情，事情也渐渐模糊了。写这篇文章，原拟以六六年某月某日为题的，自己记不得，便去问人。有人说，往事不堪回首，不愿再触动心灵的创伤；有人说，当时连一个字也不敢写，如何记得。于是只好用这样冗长的一个题目。

不是为了忘却，却渐渐要忘却了，不免惊恐。

文字，能捕捉多少当时的情景？

一九六六年夏秋之交，"文化大革命"已开始约三个月了。当时的人，分为革命群众和"牛鬼蛇神"两大阵营，革命群众斗人，"牛鬼蛇神"被斗。斗人的人为了提高斗争技术，各单位间互相串联观摩，钻研怎样把"牛鬼蛇神"斗倒斗臭斗垮，就像钻研某种技术，要有发明创造一样。这年春天，我曾在卞之琳先生指导下读一些卡夫卡的作品,被斗时便常想卡君的小说《在流放地》,那杀人机器也是经过精心钻研制成的。

当时的哲学社会科学部大概是仅次于北大清华的"文革"先进单位,每天来看大字报的人如赶集一般。院中一个大席棚,是练兵习武之所,常常有斗争会。各研究所的"牛鬼蛇神",除在本所被斗外,还常被揪到席棚中,接受批判和喷气式等简易刑法。

那时两派已兴,两派都去找中央领导同志做靠山。一次在一张小字报上看见一派访某领导同志的记录。那位领导说,你们是学部的?你们都是研究什么的?我为这句话暗自笑了半天。"你们都是研究什么的?"我在心中回答:"杀人!都是研究杀人的!"这样想,是因我是斗争对象;若属于相反的那一类,大概我也会"研究",因为那是任务。

斗争形势不断发展,这也是研究的结果罢。一九六六年夏秋之交的某一天,文学研究所主办了一次批判何其芳的大会,学部大部分"牛鬼蛇神"出席陪斗。

大会在吉祥剧院举行。头一天发票,票不敷发,有的难友没有得到。会后才知,不让参加,实在是很大的"照顾"和"保护"。

那天很热。记得我穿着短袖衬衫,坐在剧场的左后方。场中人很快坐满,除了学部的群众,还有北大、作协的人来取经助阵。

不记得哪位主持会。不记得也好。

何其芳在几位革命者的押解下,走上台来,垂头站在台上。

117

他身穿七零八落的纸衣，手持一面木牌，牌上大书三个黑字：何其臭！

"打倒何其芳！""把无产阶级革命进行到底！"声势吓人。

何其芳开始检讨。没有说几句，便有人按头。总嫌他弯腰不够深，直把他按得跪在地下。他努力挣扎，都起不来。

"我有错，我有错——"他的四川话在剧场（应该说是刑场）中颤抖。

"何其臭"的牌子掉了，他爬着捡起来，仍跪在地下。

直到现在，我认为，还是没有一篇研究《红楼梦》的文章超过其芳同志的那一篇。直到现在，中、外两个文学研究所的工作人员仍在怀念他的领导与教诲。而那美丽的《画梦录》，又是怎样地感染着我啊！

这样的人，跪在地下！把学术研究、文学创作和组织工作才能集于一身的人跪在地下！

他不停地在说：我有错，我有错！

"文革"开始时，便在批判何其芳了。开过好几次所谓的党员大会，吸收群众参加。他似乎不了解自己的处境（当时谁又了解自己的处境！），仍在据理力争，滔滔而辩。有一个系背带的瘦高个儿，把他推搡了几次。我当时坐在门边，和一位以温良恭俭让著称的同事小声议论："为什么推人？太不尊重人了！我们站起来说！"但我们没有站起来说。我们腼腆，不习惯当众讲话，我们太怯懦！那位同事还说，得学着说话辩论，不然被坏人掌了权怎么办！其实真理不是愈辩愈明，理早铸好了，铸成一个个通红的罪名，不断地烫在人脸上！

两位陪斗者被推了上来，是俞平伯和余冠英。他们也穿着纸做的戏衣，头上还戴着有翅的纸纱帽，脚步踉跄，站立不稳，立刻成为声震屋瓦的口号打倒的对象。

剧场左门出现骚动。"打倒邵荃麟！"几个人高喊。他们押着瘦骨嶙峋的荃麟走上台去。荃麟因"中间人物论"获罪后，不再任作协领导，调到外文所任研究员，但仍在作协接受批判。学部开大会，捉他来斗，自是应该。

好像有几个批判发言，我相信绝大多数出于革命热情。发言者声嘶力竭地叫喊一番，喊过了，仍让何其芳检讨。

其芳同志仍跪着，声音断断续续，提到对《红楼梦》的看法，也算一大罪行。"站起来说！"有人喝叫。待他勉强站起来，又扑上去几个汉子，按头折臂，直按到他又跪下。

让他站起，是为了按他跪下！

这样几次。又把另外几位折腾一阵，似乎不新鲜了，便呼叫大批陪斗的人。

"冯至！"冯先生上了台。外文所一次批斗会后，曾让"对象"们鸣锣绕圈，冯至打头，我在最后。看来愈绕处境愈惨，是永远绕不出去了。

"贾芝!"一人一手按头,一手扭住手臂。他坐着"喷气式"上了台。

剧场中杀气腾腾,口号声此起彼落。在这一片喧闹下面,我感到极深的沉默,血淋淋的沉默。

很快满台黑压压一片,他们都戴上纸糊高帽,写着是哪一种罪人。比起戴痰盂尿罐的,毕竟文明多了。

学术权威大都叫过后,叫到一些科室负责人和被认为是铁杆老保的人。"牟怀真!"这是外文所图书室主任,一位胖胖的大姐。

忽然一个造反派看见了我。"冯钟璞!"他大叫。

我不等第二声,起身跑上前去。我怕人碰我,尽量弯着身子,像一条虫。上了台,发现天幕后摆着剩下的几顶高帽子,没有我的。事先没想到叫我。

"快糊!"有人低声说。

有人把我们挨个儿认真按了一遍。我只有一个念头,尽量弯得合格,尽量把自己缩小。

过了些时,眼前的许多脚慢慢移动起来。"牛鬼蛇神"们排队到麦克风前自报家门,便可下台了。

我听见许多熟悉的声音,声音都很平静。

轮到我了。我不知道自己的罪名到底是什么。那时把学不够深、位不够高而又欲加之罪的人,称作三反分子。三反者,反党、反社会主义、反毛泽东思想是也。我走到麦克风前如此报了名。台下好几个人叫："看看你的帽子!"我取下帽子,见白纸黑字,写着"冯友兰的女儿"。

冯友兰的女儿又说明什么呢?

我积极地自加形容词:"反动学术权威冯友兰的女儿。"台下不再嚷叫。这女儿的身份原来比三反分子更重要。

下台时没有折磨。台上剩的人不多了,仍吸引着人们注意。我从太平门出来,发现世界很亮。

我居然有了思想,庆幸自己不是生在明朝。若在明朝,岂不要经官发卖? 这样想着,眼前的东华门大街在熙熙攘攘下面透出血淋淋的沉默。

"冯钟璞!"怯怯的声音,原来是荃麟在叫我。他在北河沿口上转。"顶银胡同在哪里? 我找不到。"顶银胡同某号是作协的监房,他要回监去。

"荃麟同志!"我低声说,"你身体好吗?"他脸上有一个笑容,看去很平静,望着我似乎想说什么,说出来的仍是"顶银胡同在哪里"。

我引他走了十几步,指给他方向,看着他那好像随时要摔倒的身影,混进人群中去了。

我不只继承了"反动"的血液,也和众多"反动"人物有着各种各样的联系。他们看着我长大。荃麟卸职前,总是鼓励我写作,并为我向《世界文学》请过创作假。

而这些敬爱的师长,连同我的父亲和我自己,一个个都成了十恶不赦的罪人!

我慢慢走回当时的住所,洒兹府二十七号。那里不成为"家",因为只有我一个人。小院里有两间北房、两间东房,院中长满莫名其妙的植物,森森然伴着我。

坐下休息了一阵,思想渐渐集中,想着一个问题,那便是:要不要自杀?

这么多学术精英站在一个台上,被人肆意凌辱!而这一切,是在革命的口号下进行的。这世界,以后还不知怎样荒谬,怎样灭绝人性!我不愿看见明天,也不忍看见明天。就我自己来说,为了不受人格侮辱,不让人推来搡去,自杀也是唯一的路。

如果当时手边有安眠药,大概我早已静静地睡去了。但我没有。操刀动剪上吊投河太可怕。我愿意平平静静,不动声色。忽然那"冯友兰的女儿"的纸帽在眼前晃了一下,我悚然而惊。年迈的父母已处在死亡的边缘,难道我再来推上一把,使亲者痛,仇者快?我不知道仇者是谁,却似乎面对了他:偏活着!绝不死!

过了明天,还有后天呢。

整个小院塞满了寂静。黑夜逼近来了。我没有开灯便睡了。先睡再说。我太累了。

睡了不知多少时候,忽然惊醒。房间里所有的灯都亮了。三盏灯——大灯、台灯、床头灯。我坐起来,本能地下床,一一关了。

隔窗忽见东房的灯也亮着。

我毫不迟疑,开门走过黑黝黝的小院,进到东房。这里也是三个灯,大放光明。我也一一关了,回到北房。开灯看钟,两点二十五分,正是夜深时候。

关灯坐了一会儿,看它是否再亮。它们本分地黑着,我便睡了。奇怪的是,我一点也不害怕,睡眠来得很容易。

我活着,随即得了一场重病。偏偏没有死。

许多许多人去世了。我还活着,记下了一九六六年夏秋之交的这一天。

一九八九年四月

从近视眼到远视眼

经过不到半小时的手术，我从近视眼一变而为远视眼。这是今年六月间的事。

我的眼睛近视由来已久。八九岁时看林译《块肉余生述》，暮色渐浓，还不肯放，现在还记得"大野沉沉如墨"的句子。抗战期间的菜油灯更是培养近视眼的好工具。五十几年，脸上从未脱离眼镜，老来患白内障，眼前更是一片迷茫，戴不戴眼镜也没有什么区别了。"老年花似雾中看"，我以为这也是人必然要经过的"老"的滋味。

可是人太可尊敬了，太伟大了，能够修理自己，让自己重又处在明亮绚丽的世界中。手术后我透过眼罩的缝隙看到地上有许多花纹，还以为眼睛出了毛病，一问才知道病房里的地板本来就有花纹，只是我原来看不见。因为感到明亮，以为房间里换了电灯泡，其实也是自己的眼睛在作怪。取下眼罩时，我先看见横过窗前的树枝,每片叶子是那样清楚,医院门前的一树马缨花,原来由家人介绍过,现在也看到了颜色。近年来我看人都只见一个轮廓,这时眼前的医生有了眉眼,我不由得欢喜地对大夫说:"我看见你了。"

本是最亲近的家人,这些年也是模糊的。现在看到老伴的头顶只剩下不多的头发,女儿的脸上已添了几道皱纹。我猛然觉得生活是这样实在,这样暖热,因为我看到了。

病房走廊外面,是那座尼泊尔式的白塔。以前我知道那里有这座塔,家人指着说:"看呀,看呀,就在眼前。"我看不见。因为习惯了由别人代看,也不觉得懊恼。这时我特地到窗前去看,原来那塔很近,很大,很白,由蓝天衬着,看上去有几分俏皮,不是中国塔的风格。我在这塔的旁边从近视眼变成远视眼,它应该是我的朋友。

因为高度近视,将白内障取出后,不放人工晶体。结果是两眼各有几百度的远视,成了远视眼。我看不清东西时,习惯地把它拿近,反而更看不清,倒是远处的东西较清楚。虽不能像正常人,我已经很满足了。我们回家,进了西门,经过大片荷塘时,见朵朵红荷正在盛开,花瓣的线条都显得那样精神。露珠在荷叶上滚动,我几乎想走下车去摸一摸。燕南园好几栋房屋换过房顶,我第一次看清一层层的瓦。走进家门,院中的荒草好像在打招呼,说:"看看我们,早该收拾了。"我本以为我的住处很整洁,却原来只是一种幻象。现在看到的是有裂纹和水迹的房顶,白粉剥落的墙壁,还有油漆差不多褪尽的地板。而且这里那里的角落,都积有灰尘。

我看着窗外一只灰尾巴喜鹊坐在丁香的一段枯枝上,它飞走了,又一只黑尾巴喜鹊飞来。这两种喜鹊是两个家庭,"文化大革命"前就居住在这里,"文革"时鸟儿也逃难,后来迁回。这几年,鸟丁兴旺,我只听见闹喳喳,这时看得清楚,恍如旧友重逢。它们似乎也在问我:"嘿,你怎样了?"

我们素来阴暗的房间增加了亮度,我在镜中看到了自己,我有很长时间没有"自知之明"了。我相信通过爱心而做出的描述,总之是不显老。现在我看清了自己的额前沟壑、眼下丘陵。忽然想到了"不许人间见白头"这句话。看来,近视眼也有好处,让人不知道老态的存在。

我去医院复查,沿路大声念着街旁店铺的招牌,"看,这个馆子叫湘菩提。""哦!这儿还有鱼翅宴。"司机很觉莫名其妙。他哪里知道看得见的快乐。

七月六日我们去游览白塔寺,也拜访我的朋友——那座白塔。这天下着小雨,家人说,他们来来去去看见正门是不开的。我们打着伞走过去,却见正门洞开,门不高大,有七七四十九颗门钉在微雨中闪闪发亮。我们走进去,见院中有一个新铸的鼎,为西城区金融界所献,鼎上有一条彩色的龙。这鼎似乎与佛法较远。前面的殿正举行万佛艺术展，因为离得近，我反而看不清每个塑像的姿态面目。正殿供奉据说是三世佛，居中是释迦牟尼不成问题，两旁是阿弥陀佛和药师佛。我有些疑惑，觉得在别处看到的未来佛和过去佛好像不是这两位。我们走到白塔下面，塔身高五十一丈，只能看见底座，又据说转塔一周可以祈福消灾。这时一位游人——我们之外唯一的游客，她对我们说："白塔寺正门从今天起正式开放，今天是阴历五月二十三日，好像和观音菩萨有什么关系。我们是第一批走进第一次开的正门，真是有福气。"我们绕塔一周，在塔后看到四株古老的楸树，不知有多少年了。我想如果世上真有福气，它应该属于驱逐病魔的医生们。他们使人的生命延长，他们使人离开黑暗，其实是他们给了病人福气。作为医学界代表的药师佛怎么能是过去佛呢，他应该属于未来。

医学是科学的一部分。我默默念诵，科学真了不起！人类真是了不起！有了科学才有各种治疗，有了人的智慧才有科学。人类智慧的一大特点是有想象力，这样才能创造。千万不要扼杀想象力！人类另一个特点是能积累经验，在积的经验上才能求得进步。不知多少治疗的经验，才捧出一双双明亮的眼睛。经验是最可宝贵的，怎能忘记！

最初的喜悦过去了。因两眼视力不平衡，我看到的世界不很端正，楼房、车辆都有些像卡通。想想也很有趣，是近视眼时，常常要犯错误，作为眼疾患者的日子，更是过得糊里糊涂，成为远视

127

眼，又看不清近处的事。希望能逐渐得到调整，若是能够，也许日子会过得清醒些。

牛顿在他七十岁的时候，人问他得到了什么，他答道："不过在人生的海滩上拾到了一些蚌与螺。"我总觉得这句话很美，美得让我感动。

我已迈过了七十岁。回头一看，我拾到的不过是极小的石粒。如果我有一双较正常的眼睛，又不是那么糊涂，我还会多拾几颗小石粒，虽然它们很平凡，虽然它们终究都是要漏去的。

一九九九年七月下旬

告别阅读

二〇〇〇年,正逢阴历龙年。春节前,看到各种颜色鲜艳、印刷精美的贺卡,写着千禧龙年,街上挂着红灯,摆着花篮,真觉得辉煌无比。

龙年是我的本命年,还未进入龙年,便有人说,你要准备一条红腰带。我笑笑说,才不信那些呢。临近兔年除夕,我站在窗前,突然眼前一黑,左眼中仿佛遮上了一层黑纱帘,它是我依靠的那只眼睛,右眼早已不大能用。现在一切都变得朦胧,这是怎么了?我很奇怪。自从去年夏天,做过白内障手术后,我已经习惯了过明白日子,而且以为再不会糊涂,现在的情况显然是眼睛又出了问题。因为就要过节,只好等到春节后再去就医。

龙年的第一件大事便是去医院。诊断是我没有想到的:视网膜脱落。医生说只要做一个小手术,打气泡到眼睛里,即可复位。我便听医生的话住院,做手术。手术后真有两周令人兴奋的时光,眼前的纱帘没有了,一切和以前差不多,头脑似乎还更清楚些。

不料十几天后,气泡消尽,再加上我患喘息性支气管炎,咳嗽得山摇地动。二月二十七日,视网膜再次脱落。

我只有再次求医,医生还是说要打气泡。我想这次脱落的范围大了,气泡是否顶得住。经过劝说,还是做了打气泡的决定。

当时我认为咳嗽是大敌,特住进医院求保护,果然咳嗽是躲过了,但仍然没有躲过网脱。

三月二十日,气泡快消尽时,视网膜第三次脱落。气泡果然不能完成任务。我清楚地看见,视网膜挂在眼前,不再是黑纱,而像是布片。夜晚,我久不能寐,依稀看见窗下的月光。月光淡淡的,我很想去抚摸它,我怕自己再也不能感受光亮。查夜的护士问:为什么不睡?有什么不舒服?我只能说:我很不幸。

第三次手术,是把硅油打在眼睛里,是眼科的大手术。手术确定了,可是没有床位。一天天过去了,可以清楚地感觉到网脱的范围越来越大,后来,无论怎样睁大眼睛,眼前还是一片黑暗,无边无涯,没有人能帮助我解脱。忽然,我仿佛看见了我的父亲,他也睁大了他那视而不见的眼睛,手拈银须,面带微笑,安详地口授巨著。晚年的父亲是准盲人,可是他从未停止工作。以后父亲多次出现在黑暗中,像是在指点我,应该怎样面对灾祸。

终于熬到了住进医院,熬到了做手术的这天。上手术台前的诊断是,视网膜全脱。

在手术室里还和麻醉师有一番争论。麻醉师很年轻,很认真负责。她见我头晕,十分艰难地躺上手术台,便不肯用原定的麻醉计划,说:"你这是要眼睛不要命。要我麻醉最好再签一回字。"经主刀医生解释,已经过各科会诊,麻醉师最后同意用局麻进行手术。她怕我出问题,给麻药很吝啬。于是我向关云长学习,进行了一次刮骨疗毒。麻醉师也是有道理的,疼是小事,命是大事。手术安排得不恰当,时间的延误,我都没有什么好抱怨的,我只怪一个人,那就是上帝。他老人家造人造得太不完美了,好好的器官,怎么要擅离职守掉下来,而且还顽固地不肯复位。头在颈上,手在臂上,脚在腿上,谁曾见它们掉下来过? 怎么视网膜这样特别?

其实,我自己也知道这不过是几句气话。网脱是一种病,高度近视是起因。我再一次被病魔擒获。

手术顺利,离战胜病魔还很远。接下来的是长期俯卧位——趴着。人是站立的动物,怎么能趴着呢? 为了眼睛也渐习惯了。据说手术成功与否和是否认真趴着很有关系。硅油的作用是帮着视网膜重新长好。三个月到半年后,再做一次手术将油取出。油取出后常有视网膜重新脱落的病例。我真奇怪科学发展这样迅速,怎么对网脱的治疗没有完善的办法。用油或气顶住,气消失油取出后,重脱的可能性极大,也只能到时候再说了。希望我这是杞人忧天。

手术后，重又感觉到光亮。视力已经很可怜，但是能感觉光亮。光亮和黑暗是两个世界，就像阳间和阴间一样。我又回到了阳间，摆脱了黑暗，我很满足。回到家中，我在房间里走来走去，还可以指出窗帘该换，猫该洗了。丁香早已开过，草玉兰还剩几朵，我赶上了蔷薇花，有人家的蔷薇一直爬到楼上，几百朵同时开放，我看不清楚花朵，但能感受到那是一大幅鲜艳的画图。

但是我不再能阅读。

对于从小躲在被子里看小说的我来说，不能阅读真是残酷的事。文字给了我多么丰富、多么美妙的世界，小小的方块字，把社会和历史都摆在了面前。我曾长时期因患白内障不能阅读，但那时总怀有希望，总以为将来还是能看书的。午夜梦回，开出一长串书单，我要读丘吉尔的文章，感受他的文采，《维摩诘所说经》、苏曼殊文都想再读。白内障手术后，这些都未做到，但是希望并未灭绝。视网膜的叛变，扑灭了读书的希望，我不再能享受文字的世界，也不再能从随时随地磕头碰脑的书中汲取营养。我觉得自己好像孤零零地悬在空中，少了许多联系，变得迟钝了，干瘪了，奇怪的是我没有一点烦躁。既然我在健康上是这样贫穷，就只能安心地过一种清贫的生活。我的箪食瓢饮就是报刊上的大字标题，或书籍封面上的名字，我只有谨慎地保护维持目前的视力，不要变成盲人。

我的父亲晚年成为准盲人,但思想仍是那样丰富,因为他有储存,可以"反刍"。这一点我是做不到的。听人读书也是一乐,但和阅读毕竟是不一样的。幸好我还有一位真正可听的朋友,那就是音乐。

文学和音乐,伴随着我的一生。可以说,文学是已完嫁娶的终身伴侣,音乐是永不变心的情人(如果世界上有这种东西的话)。文学是土地,是粮食;音乐是泉水,是盐。文学的土地是我耕耘的,它是这样无比宽广,容纳万物。音乐的泉水流动着,洗涤着听者的灵魂,帮助我耕耘。

我又站在窗前,想起父亲在不能读写时,写出的那部大书,模糊中似乎看见老人坐在轮椅上,指一指院中的几朵蔷薇,粉红色的花瓣有些透亮。忽然间,"桃色的云"出现在花架边,他是盲诗人爱罗先珂笔下的精灵——春的侍者。我揉揉眼睛,"桃色的云"那翩翩美少年,手持蔷薇花,正含笑站在那里。

我不能读书,可是我可以写书。也许,我不读别人的书,更能写好自己的书。

我用大话安慰自己,平心静气地告别阅读。

二〇〇〇年秋

扔掉名字

宗璞，原名冯锺璞，这是我简历的开场白。原名冯锺璞，就应该行不更名，坐不改姓，怎么又编出一个宗璞来？原因只有一条：我不喜欢"锺"的简体字，它和钟表的"钟"（这个字总让我想起双铃马蹄表）的简体字变成了一个字。"锺天地之灵秀"和"做一天和尚撞一天钟"成了一回事，令人不悦。我曾很反对简体字，比如"潇湘"这两个字，看上去，听起来和引起的联想，都很美。一度曾把它们简化为"肖相"，一切意境都没有了。想想看"潇湘馆"成了"肖相馆"，岂不大煞风景！好在后来那一批简化字没有通行。当然有些过于繁杂的字，简化了确实方便，不过一切都需要规范。

再说"锺"字。"锺"字是我们家族的排行，到我这一辈人的名字都有个"锺"，锺字辈的堂兄弟姊妹共有三十六人。既然它已变成和尚撞的钟，我无论如何也要换一换。那时写文章要个名字，就想了一个和"锺"字读音相近的"宗"作笔名。稀里糊涂地写在笔下，戴在头上几十年。但是我有职业，有单位，有身份证，那上面的本名是生长在那里的。若真是文名大到如雷贯耳，妇孺皆知，原名或可留待专家考证，考证出几个名字来也是不足奇的，一个字多种多样也可以奉为经典。幸而我这辈子也到不了那步田地。在正式场合，笔名是无效的，需要用本名，我则总写繁体字的"鍾"，以示郑重。后来又因常有人误认为我姓宗，便又在"宗璞"前加了我的本姓。不料名字问题给我带来很多麻烦。首先是"鍾"和"宗"——冯鍾璞和宗璞、冯宗璞，是不是一个人，常常受到质疑，于是设法在户口本上写上曾用名等等。鍾、宗的麻烦，可谓自找，谁叫你编造新名字！以后的事儿，就属于简化字的规范问题了。

"鍾"字和"宗"字的纠缠，差不多平息了，可是"鍾"字本身麻烦更大。面对事实，我只好承认自己的弱小，渐渐承认简化，使用"钟"字，但是问题仍不能解决。我们只承认"钟"，不承认"鍾"；海外只有"鍾"，没有这个简化了的"钟"。有一位名字中也有"鍾"字的难友诉苦说，在往邮局、银行办事时，常遇到各种关卡，无非是绕许多圈子，来证明这两个字是一个字。我们谈起来大有同病相怜之感。一次台湾某书局编书时收了我的文章，寄来三十元稿费，可是因为这个"鍾"字缠夹不清，只好弃而不顾。好在只有三十元，再多一点时，就不能那么慷慨了。

名字出了问题，就要弄清。派出所说，这两个字不是一个字，不能证明你是同一个人;好容易弄清这两个字是同一个字后,又因是同一个字,不能同时写在户口本上,也就不能证明冯锺璞和冯钟璞是一个人。因为在一个地方住得久了,大家采取以人为本的态度,一般都可通融。形势刚刚好转,偏偏又出现一个偏旁简化的"锺"。字典上没有这个字,只统一说明,这个偏旁就是金字旁的简化,那么"锺"就应该等于"锺"。这看起来很清楚,但办事人员以高度认真负责的精神,不肯承认这是一个字。若是电脑中也没有这个字也就罢了,可电脑中又偏偏打出了这个字,要和锺、钟分庭抗礼,真是教人怎能不头晕!

几经周折,几个字仍未得到统一,我这个人也好像分成好几个了。哭笑不得之余,我想给自己改一个名字,叫作冯——(挺可爱的,不是么?),这好像没有什么出错的机会了。可是不行,有人一见便说:这不是破折号吗? 建议干脆叫作冯一好了。又马上得知,改名字的手续极为烦琐,要两个邻居证明、单位证明、街道证明、派出所证明等等。这信息可能是胡诌,很不可靠。但不管怎样,名字肯定是改不了的。

我想最好的办法就是把名字里那无理取闹的"钟",连同它的上家和下家,远远地扔进那春秋不变、水旱不知的大海,做一个"无名"之辈。我自己则御风而行,飘然会同了北海若,转往藐姑射之山,大谈一通相对主义。

二〇〇四年十二月三十一日

136

铁箫声幽

常觉得我们这一代人很幸运。旧书虽念得不多,还知道些;西书了解不深,总也接触过。没有赶上裹小脚、穿耳朵,长达半尺的高跷似的高跟鞋也还未兴起。精神尚不贫乏,肉体不受虐待,经历更是非凡。抗战那一段体会了人的最高贵的精神、信念与坚忍;"文革"那一段阅尽了人的狠毒与可悲。我们的生活很丰富,其中有一项看来普通、现在却让人羡慕、值得大书特书的,那就是,我们有兄弟姊妹。

传统文化讲五伦,其中之一是兄弟。常听见现在的中年人说:他们最羡慕的就是别人有兄弟姊妹。想想我的童年,如果没有我的哥哥和弟弟,我将不会长成现在的我。

我们兄弟姊妹四人,大姐钟琏长我九岁,所以接触较少,哥哥钟辽长我四岁,弟弟钟越小我三岁。整个的童年是和哥哥、弟弟一起度过的。抗战胜利,我们回到北平,回到白米斜街旧宅中,这座房屋是父母的唯一房产。有一间屋子堆满了东西,和走的时候完全一样。那时冬日取暖用很高的铁炉,称为洋炉子。烧硬煤,热力很大,便有炉挡,是洋铁皮做成的,从前常在上面烤衣服。我们看到那铁炉依旧,炉挡依旧。最有趣的是炉挡上面写了两行字,也赫然依旧。这两行字是:"立约人:冯钟辽、冯钟璞。只许她打他,不许他打她。"当时在场的人无不失笑。父亲说:"这是什么不平等条约!"那时哥哥已经去美国留学,那条约也因炉挡的启用擦去了,他没有再见到我们的不平等条约。

我已不大记得怎么会立下那不平等条约,却有些小事历历如在目前。清华园乙所的住宅中有一间储藏室,靠东墙冬天常摆着几盆米酒,夏天常摆着两排西瓜。中间有一个小桌,孩子们有时在那里做些父母不鼓励的事。记得一天中午,趁父母午睡,哥哥在那里做"实验",我在旁边看。他的实验是点一支蜡烛烧什么东西,实验目的我不明白。不久听见母亲说话,他急忙吹灭了蜡烛,烛泪溅在我身上。我还没有叫出来,他就捂住我的嘴,小声说:"带你去骑车。"于是我们从后门溜出。哥哥的自行车很小,前后轮都光秃秃的没有挡泥板,但却是一辆正式的车,我总是坐在大梁上左顾右盼游览校园。哥哥知道我喜欢坐大梁,便用这"游览"换得我不揭发。那天的"实验"也就混过去了。

后来我要自己骑车了。我想那时的年纪不会超过九岁,大概是八岁。因为九岁那年夏天开始抗战,我们离开了清华园。我学

138

会骑自行车完全是哥哥的力量。那时在清华园内甲乙丙三所之间有一个网球场，我们好像从来没有打过网球，只在地上弹玻璃球。我在这场地上学骑自行车，用的是哥哥的那辆小车，我骑车，他在后面扶着座位跟着跑。头一天跑了几圈，第二天又跑了几圈。我忽然看见他不跟着车了，而是站在场地旁边笑。我本来骑得很平稳了，一见他没有扶，立刻觉得要摔倒，便大叫起来。哥哥跑过来扶住，我跳下了车，捏紧拳头照他身上乱捶。他只是笑，说："你不是会骑了吗？"我想想也是。可是，下一次还是要他扶，他也就虚应故事地跟着跑。就这样我学会了骑自行车，我可以骑姐姐的成人的女车，在清华园里转悠。常从工字厅东边沿着小河过小桥，绕过大礼堂，经过图书馆前面，再经过当时的校医院——这座建筑还在吗——最后从工字厅西面回家。有时一直骑到西院，去看看那一片荒野。当时清华园内人很少，骑车很自由。后来，上世纪六十年代，我常骑车从灯市口到建国门去上班。我从学车起到停止骑车从未摔过跤。

到昆明以后，哥哥上中学，我和小弟上小学。我们所上的南箐学校因为躲避日本飞机的空袭，迁到昆明郊外岗头村，我们都住校，家还在城里。后来家迁到东郊龙泉镇，我们又在城里住校。不记得是怎么回事了，总之有很长一段时间我们常在周末从乡下走进城，或从城里走到乡下，一次的距离大约是二十里左右。我们三个人一路走一路说话，讲故事，猜谜语，对小说的回目，对的主要是《红楼梦》和《水浒》的回目,《三国演义》我不熟。还有一项重要内容是讲自己编的故事,轮流主讲。大概也是编故事的需要,三个人每人有一个国家,哥哥的国家叫"晨光国",在北极;弟弟的国家叫"英武国",在海底;我的国家叫"逸坚国",在火星上。不知为什么,我从小便对火星有兴趣,到现在也觉得火星很亲切。我的兄、弟后来都是工程师,但他们在文艺方面的天赋绝不逊于我,故事编得很热闹,可惜我都不记得了。

家里孩子多,吃饭就成为一个有趣的局面。我小时有一个习惯,就是喜欢脱鞋。尤其是在吃饭的时候,觉得脱了鞋最舒服。这时,哥哥就会把鞋拿走藏起来,我便闹着要鞋,弟弟便会找鞋,常常是笑作一团。到后来还是哥哥把鞋拿出来,我又赖着不肯穿。直到母亲发话:"不要闹了。"才算安静下来。

后来我上了联大附中,一度在城里住校。那时联大附中没有宿舍,甚至没有校舍,不知是借的哪里的一个大房间,大家打地铺。一次我生病了,别人都去上课,我昏昏沉沉地躺在空荡荡的大房间里。"妹",是哥哥的声音,睁眼只见他蹲在我的"床"边。他送来一碗米线,碗里有一个鸡蛋。

哥哥于一九四二年考入西南联大机械系,他不用功,却热心演话剧。参加演出过曹禺的《家》,饰演觉新。我和小弟随父母去看演出那一晚,在高老太爷去世那一场,哥哥把觉新头上的孝布去掉了,为的是怕母亲看了不高兴。他还写小说,我还记得他有一篇小说的第一句是"不疾不徐的雨"。他的文字是很好的,字也写得好,还会刻图章。那时的男孩似乎都会刻图章。他大学二年级时志愿参加远征军,直接在反法西斯战争中做出贡献。有一次他从滇西回昆明度假,看见我的头发长了,要给我剪一剪。他说:"头发为什么要剪成那样齐? 剪成波浪式的不好吗?"当时大家都认为他很荒谬,没想到几十年后头发真的不以"齐"为美了。抗战胜利后,哥哥获得美国总统自由勋章,获得此项勋章的翻译官共二十二人。我曾想就此写一篇文章,介绍这些好男儿,因为要用一些英文材料,我的眼睛已坏,不能阅读,便放弃了。文章虽然没有写,对那些投笔从戎的大哥哥,无论得没得勋章,我都永远怀有敬意。

以后,哥哥到美国就读于宾夕法尼亚大学,继续读机械系,也继续开展他多方面的兴趣。他喜欢击剑,入选了校队,代表学校出去比赛;还学过几个月芭蕾舞。工作以后学会开飞机,曾开着飞机从所住城市到另一城市去看望朋友,乘客只有一人,就是我后来的嫂嫂李文沛。上世纪七十年代哥哥一家回来探亲,说到此事,父亲说:"敢开飞机倒不稀奇,难得的是有人敢坐。"大学毕业以后,他根据兴趣又读了数学、物理两个专业。至今他还在研究有关电的问题,前两年曾回国参加静电学会的活动,但是他的理论很少人支持。前些时,哥哥来电话,告诉我一个不幸的事件,他的钱包丢了。别的都没有关系,只是其中的飞机驾驶执照也丢了,他觉得是一大损失。我安慰道:"你反正也不开飞机了。"他沉默了片刻,说:"用不着了——也不可能再补发了。"

九十年代初,我出版了一本散文集,书名为《铁箫人语》。取这个名字是因为家里有一支铁箫。书出版后不久,南京的"洞箫博物馆"——也许是"乐器博物馆"——来人要求看一看铁箫。他们说他们藏有铜箫,还没有见过铁箫。我把箫拿给他们看,他们观看良久,又试吹过,承认它是一支箫。但我想大概不是很合格。然而它究竟是一支箫,而且是铁箫。我还为这支铁箫写了一小段题记:

我家有一支铁箫。

那是真正的铁箫。一段顽铁,凿有七孔,拿着十分沉重,吹着却易发声。声音较竹箫厚实,悠远,如同哀怨的呜咽,又如同低沉的歌唱。听的人大概很难想象这声音发自一段顽铁。

铁质硬于石,箫声柔如水;铁不能弯,箫声曲折。顽铁自有了比干七窍之心,便将美好的声音送往晴空和月下,在松阴与竹影中飘荡,透入人的躯壳,然后把躯壳抛开了。

哦,还有个吹箫人呢,那吹箫人,在哪里?

吹箫人可以吹出不同的曲调,而铁箫只有一个。

是谁制作了这支铁箫?制作了这支可以从箫声和箫的本身引出许多联想的铁箫?是我的哥哥——冯钟辽。

箫属于中国文化,可以引起许多中国式的联想,都是陈货,也就不必说了。依我的极为有限的见闻,在冯钟辽做这支箫以前,从没听说过铁箫。它既是乐器,又可以做武器。我常想,最好能有一位女侠,用的兵器是铁箫,抡圆了可以自卫救人,扫尽人间不平事;吹响了可以自娱娱人,此曲只应天上来。也许,我哪天真会写出一篇武侠小说来。

在昆明时生活很艰苦,最常用的乐器只是口琴。母亲吹箫,当时家中有两支玉屏箫,母亲时常吹奏的乐曲是《苏武牧羊》。哥哥制作铁箫便是受竹箫的启发,用一根现成的废铁管,根据一点点中学物理知识,钻几个洞,居然可以吹出曲调,大家都很高兴。我们就是这样因陋就简,使得生活充实而丰富。

哥哥制作铁箫,只不过是他众多兴趣中的一项。他现在最主要的兴趣还是在电学,八十八岁了,仍不断做实验。我说:"可别像苏东坡一样,为制墨,把房子烧了。"哥哥的科学知识当然比东坡强多了,房子是不会烧的。但是实验做起来也颇麻烦,哥哥却乐此不疲。在他自己的实验的过程中,就有了辉煌。

二〇一二年二月三日

云在青天

二〇一二年九月九日,我离开了北京大学燕南园,迁往北京郊区。我在燕南园居住了六十年。六十年真的很长,我从满头黑发的青年人变成发苍苍而视茫茫的老妪。可是回想起来也只是一转眼的工夫。六十年中的三十八年,我有父母可依。还有二十二年,是我自己的日子。在这里,在燕南园,我送走了母亲(一九七七年)和父亲(一九九〇年),也送走了夫君蔡仲德(二〇〇四年)。最后八年,陪伴我的是花草树木。

九月间玉簪花正在怒放,小院里两行晶莹的白。满院里都飘浮着香气。我们把玉簪花称为五十七号的院花,花开时我总要摘几朵养在瓶里,便是满屋的香气。我还想挖几棵带到新居,但又想,今年天气已渐冷,不是移植的时候了。它们在甬路边静静地看着我离开,那香气随着我走了很远。

院里的三棵松树现在只剩两棵,其中一棵还是后来补种的。

原有的一棵总是那么的枝繁叶茂，一层层枝干遮住屋檐的一角，我常觉得它保护着我们。这几年，只要我能走动，便在它周围走几步，抱一抱它。现在，我在它身边的时间越来越短，因为已不能久站。我离开的时候，特意走到它身旁拥抱它，向它告别。如果它开口讲话，我也不会奇怪。

北京大学哲学系主任王博和几位朋友来送我，我把房屋的钥匙交给王博。是他最早提出建立故居的想法。我再来时将是一个参观者。我看了一眼门前的竹子，摸了一下院门两旁小石狮子的头，上了车，向车窗外无目标地招手。

车开了，我没有回头。

决定搬家以后，我尽量找机会再去亲近一下燕园，最主要的当然是未名湖。湖北端的那条石鱼还在，在它的鳍背上缠绕着我儿时的梦。九岁那年，抗日战争爆发，我曾在燕园暂住，常来湖边玩耍，看望这条石鱼。七十多年过去了，我长大了，它还依旧。

现在湖北侧的四扇屏一带有几株蜡梅，不过我很少看见它的花，以后也不会看见了。从这里向湖上望去，湖光塔影尽收眼底，对岸的花神庙和石桥也是绝妙的点缀。从几座红楼前向湖边走去时，先看见的是湖边低垂的杨柳和它后面明亮的水光。不由得想到"杨柳依依"这四个字。它柔软的枝条是这样婉转妩媚，真好像缠绕着无限的惜别之情。那"依依"两个字，真亏古人怎么想得出来！每次到这里，我总要让车子停住，看一会儿。

在燕园流连的时候，我总在想一件事，在我离开家的时候，准确地说是离开那座庭院的时候，我会不会哭。

车子驶出了燕南园，我没有回头，也没有哭。

有人奇怪，我怎么还会有搬家的兴致。也有朋友关心地一再劝我，说老年人不适合搬家。但这不是我能够考虑的问题。因为"三松堂"有它自己的道路。一九五二年院系调整，冯友兰先生从清华园乙所迁到北大燕南园五十四号。一九五七年开始住在五十七号。他在这里写出了他最后一部巨著《中国哲学史新编》。他在《自传》的序言中有几句话："三松堂者，北京大学燕南园之一眷属宿舍也，余家寓此凡三十年矣。十年动乱殆将逐出，幸而得免。庭中有三松，抚而盘桓，较渊明犹多其二焉。"这是"三松堂"的得名由来。北京大学已经决定将"三松堂"建成冯友兰故居，以纪念这一段历史，并留下一个完整的古迹。这是十分恰当的，也是我求之不得的。我必须搬家，离开我住了六十年的地方。

搬家就需要整理东西，我眼看着凌乱的弃物，忽然觉得我很幸运，我在生前看到了死后的情景。"三松堂"内的书籍我已先后做了多次捐赠。父亲在世时，便将一套《百衲本二十四史》赠给家乡唐河县图书馆。父亲去世后，两三年间，我将藏书的大部分，包括《丛书集成》和《四部丛刊》等分批赠给清华大学思想文化研究所，他们设立了冯友兰文库，后转归历史系，两个大房间装满了一排排的书,能在里面徜徉必是一件乐事。现在做最后的清理,将父亲著作的各种版本和其他的书一千余册赠给清华大学图书馆。我曾勉力翻检这批书,有些是我从未见过的,书名也没听说过。如有一本《佛国碧缘击节》,很大的一本书,装帧极好。我很想看一看内容,可是只能用手摸摸。清华大学图书馆很快建立了一间冯友兰纪念室,陈设这些书籍。河南南阳卧龙区档案馆行动较早,几年前便要去了书房、卧室的主要家具。唐河县冯友兰纪念馆建成后,我也赠予了少量家具和衣物等。还有父亲在世时为唐河县美学学会写的一幅字,可能这个组织后来没有成立,这幅字就留在家里,现在正好作为唐河县纪念馆的镇馆之宝。韩国檀国大学有教师在北大学习,知道要建冯友兰故居,就来联系,便也赠给他们几件什物和书籍。他们要在学校中辟出房间,专门摆放,以纪念冯友兰先生。

最主要的东西仍留在"三松堂",包括照片、各种文稿(含少量手稿)、信件、字画、生活用品、摆件及书籍和家具,还有父亲写的几帧条幅。这里的东西有的并不止限于六十年,几个书柜是从上世纪三十年代便在清华园乙所摆放过的。多年不曾开过的抽屉里,有一沓信封,上印"昆明国立西南联合大学冯缄",是父亲没有用完的信封。一个旧式的极朴素的座钟,每半小时敲打一次,夜里也负责任地报时。父亲不以为扰,如果哪天不响,反而会觉得少了什么。院中的石磨是母亲用来磨豆浆的,三年困难时期母

147

亲想改善我们的生活,不知从哪里得来这个石磨,但实际没有磨出多少豆浆。这些东西,般般件件都有一个小故事。将来建成后的冯友兰故居,有他的内容在,有他的灵魂在。

我们还发现了一份完整的手稿《新理学答问》。纸已经变黄变脆,字迹却还可以看清。我决定将它送给国家图书馆。在那里已经有了《新世训》《新原人》的手稿,让它们一起迎接未来。

东西是一件一件陆续积累的,散去也不容易,我一批一批安排它们的去处。到现在已近一年,可以说才进入尾声。在这段时间里,一切都进行得很自然,我没有一点感伤。一切事物聚到头,终究要散去的,散往各方,犹如天上的白云。

最有影响的是冯友兰的著作。近来,许多报刊都刊载了韩国总统朴槿惠的话,她说,在她处于生命的最低谷时,是中国哲学家冯友兰的《中国哲学史》像灯塔一样照亮了她的生活。西南联大校友吴大昌写信来,说他看到了二〇一二年出版的一本书《冯友兰论人生》,其中一篇文章《论悲观》是为他写的。一九三九年在昆明,他向冯先生请教人生问题,冯先生为回答他的问题写了这篇文章,他得到了帮助。他说:"我是一个受益的学生。我钦佩他的博学深思,也感谢他热心助人。"这都是中国哲学的力量,学中国哲学是一种受用。近年来,有一百多家出版社出版了冯友兰的著作。海外关于冯著的出版也从未断绝。《中国哲学简史》一九四八年问世以来,一直行销不衰。"贞元六书"中的《新原道》于一九四六年经英国人 Hughs 译成英文,名为《中国哲学之精神》在伦敦出版。我一直以为这本书没有能够再版。最近得到消息,这本书在这几十年间,一直有英、美数家出版社出版,隔几年便出一次,最近的一次在二〇〇五年。我非常惊异这本书的生命力,和冯著其他书一样,"文章自有命,不仗史笔垂",它们勇敢地活着,把力量传播到四方,如同云在青天。

在这个世界上有很多不公道,但还是善良的人居多。对那些关心我、帮助我的人,我永远怀着感激之情。有些帮助是需要勇气的。从这里我看到人的高贵,一些小事也是历历在目。就燕园而言,北大校方对我时有照顾。还有那些不知名的人。地震期间,来帮助搭地震棚的学生和教师,他们走过这里便来帮忙。一次修房,需要把东西搬开,有一个班的学生来义务劳动,很是辛苦。就在我离开燕园的前几天,有人在信箱里放了一张复印件,那是一篇关于父亲的文章(《1948—1949,冯友兰再掌清华》),放的人大概怕我没有看到。一切的好意我都知晓、领受,不能忘记。

一次从外面回来,下车时一位中年人过来搀扶,原来是一位参观者。还有一位参观者从四川来,很想向冯先生的照片礼拜一番。当时我的原则是,室内不开放,只能在院内参观。不料,这位先生在甬路上下跪,恭敬地三叩首,然后离去。一位北大校友来信说,他在学校五年,没有到过燕南园。现在要回学校来,目的之一是看看"三松堂"。隔些时就有人来看望"三松堂",多年来一直是这样。这里仿佛有一个气场,在屋内的房间里,也在屋外的松竹间,充满着"蜡炬成灰泪始干"的执着和对文化的敬重,还有对生活的宽容和谅解。现在,这里将建为冯友兰故居,可以得到大家的亲近。希望这里能继续为来者提供少许的明白和润泽。

　　我离开了。我没有回头,也没有哭。

二〇一三年二月

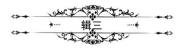

辑三

长寿老人

二〇二一年十月是辛亥革命一百一十周年,河南新蔡县召集同盟会的后人开了一个小小的纪念会。我抱着氧气袋去了,因为我衷心崇敬辛亥革命。辛亥革命推翻了中国几千年的帝制,把专制独裁扔进历史。人们如牛马做奴才那么多年,一旦成为了自由人,是真正的改天换日。

我的外祖父任芝铭公,我称他姥爷,是辛亥革命的参加者。我每想到他,总有一种自豪感。他是一位长寿老人,生于一八六九年,比列宁大一岁,卒于一九六九年一月二十三日"文革"中,享年百岁。百岁现在看来很平常,那时就是很长寿了。若是天下太平,还不知能活多久。

姥爷是平民出身,勤苦好学,考上了举人,成为县里的士绅。他热心国家大事,早年参加同盟会,是新蔡县的同盟会支部长。因为这些活动他被清廷革去了举人功名,并要逮捕。他只有逃亡

153

他乡,在流亡中仍然参加同盟会的反清活动。一九四五年他当选为新蔡县参议会议长。抗日战争中他参加国民革命军,在张轸部管理后勤军需。他因女儿任锐和女婿孙炳文的关系,向往共产主义乌托邦,曾多次帮助青年学生去延安。一九四九年后,他任河南省政协副主席。"文革"中被批斗,他问身旁的人:是不是政变了? 没有人能告诉他是怎么回事。

姥爷有三个愿望。

一、为辛亥革命烈士建一祠堂。我已亲眼见到了,那是很简单的建筑。可是一砖一瓦都是辛苦募捐得来的。凝聚着人们对辛亥革命的敬仰和永远的怀念。

二、在新蔡县建一所学校(中小学)。这个愿望已在一九二八年实现了。姥爷为那所学校起了名字——今是学校。我以为学校的名字真是妙极,包含的意思沉甸甸的。"觉今是而昨非",出自陶渊明的《归去来兮辞》。不反省"昨非",何谈"今是"?

皇帝还有罪己诏呢。奥地利经济学家冯·米塞斯说:"人的最珍贵的特权,就是不断做出改进的努力。"建这学校也有姥爷的捐助,是从他并不富裕的生活费用中挤出的一点心血。更多的资金是募捐得来的,那就是大家的心血。一九四九年以后,今是学校交给了人民政府。

三、抚养辛亥烈士的遗孤成人。姥爷用尽心力抚养新蔡县的烈士遗孤,他们个个长大成人。可是万没有想到,没有一个能终其天年。他们遇到了什么？不用问了。

这几天我夜不能眠,不知何故,总有一个苍老的声音:"璞啊,河南饿死人了。"这是姥爷的声音。他虽然离开了我们,可是还在我耳边说话。这句话是一九五九年来北京开政协会时对我说的。

二○二二年十月中旬

心的嘱托

　　冯友兰先生——我的父亲,于一八九五年十二月四日来到人世,又于一九九〇年十二月四日毁去了皮囊,只剩下一抔寒灰。在八天前,十一月二十六日二十时四十五分,他的灵魂已经离去。

　　近年来,随着父亲身体日渐衰弱,我日益明白永远分离的日子在迫近,也知道必须接受这不可避免的现实。虽然明白,却免不了紧张恐惧。在轮椅旁,在病榻侧,一阵阵呛咳使人恨不能以身代之。在清晨,在黄昏,凄厉的电话铃声会使我从头到脚抖个不停。那是人生的必然阶段,但总是希望它不会来,千万不要来。

　　直到亲眼见着他的呼吸渐渐急促,血压下降,身体逐渐冷了下来,直到亲耳听见医生的宣布,还是觉得这简直不可能,简直不可思议。我用热毛巾拭过他安详的紧闭了双目的脸庞,真的听到了一声叹息,那是多年来回响在我耳边的。我们把他抬上平车。枕头还温热,然而我们已经处于两个世界了,再无须我操心侍候,也再得不到他的关心和荫庇。这几年他坐在轮椅上,不时会提醒我一些极细微的事,总是使我泪下。我的烦恼,他无须耳和目便能了解,现在再也无法交流。天下耳聪目明的人很多,却再也没有人懂得我的有些话。

这些年,住医院是家常便饭,这一年尤其频繁。每次去时,年轻的女医生总是说要有心理准备。每次出院,我都有骄傲之感。这一次,是《中国哲学史新编》完成后的第一次住院,孰料就没有回来。

七月十六日,我到人民出版社交《中国哲学史新编》第七册稿。走上楼梯时,觉得很轻快,真是完成了一件大任务。父亲更是高兴,他终于写完了。直到最后一个字,都是他自己的,无须他人续补。同时他也感到长途跋涉后的疲倦。他的力气已经用尽,再无力抵抗三次肺炎的打击。他太累了,要休息了。

"存,吾顺事;殁,吾宁也。"父亲很赞赏张载《西铭》中的这最后两句,曾不止一次讲解:活着,要在自己恰当的位置上发挥作用;死亡则是彻底的安息。对生和死,他都处之泰然。

父亲在清华任教时的老助手、八十八岁的李澍先生来信说:"十一月二十四日夜梦恩师伏案作书,写至最后一页,灯火忽然熄灭,黑暗之中,似闻恩师与师母说话。"正是那天下午,父亲病情恶化。夜晚我在病榻边侍候,父亲还能断续说几个字:"是璞么?是璞么?""我在这儿,是璞在这儿。"我大声叫他,抚摩他,他似乎很安心。我们还以为这一次他又能闯过去。

从二十五日上午,除了断续的呻吟,父亲没有再说话。他无须再说什么,他的嘱托,已浸透在我六十二年的生命里;他的嘱托,已贯穿在众多爱他、敬他的弟子们的事业中;他的嘱托,在他的心血铸成的书页间,向全世界发出回响。

父亲是走了,走向安息,走向永恒。

十二月一日兄长钟辽从美国回来。原是回来祝寿的,现在却变为奔丧。和母亲去世时一样,他又没有赶上,但也和母亲去世时一样,有了他,办事才有主心骨。我们秉承父亲平常流露的意思,原打算只用亲人的热泪和几朵鲜花,送他西往。北大校方对我们是体贴尊重的。后来知道,这根本行不通。

络绎不绝的亲友都想再见上一面,不停的电话询问告别日期。四川来的老学生自戴黑纱,进门便长跪不起。韩国学人宋兢燮先生数年前便联系来华,目的是拜见老人,现在只能赶上无言的诀别。总不能太不近人情,这毕竟是最后一面。于是我们决定不发讣告,自来告别。

柴可夫斯基哽咽着的音乐伴随告别人的行列回绕在遗体边,真情写在每一个人脸上。最后我们跪在父亲的脚前时,我几乎想就这样跪下去,大声哭出来,让眼泪把自己浸透。从母亲和小弟离去,我就没有痛快地哭一场。但是我不能。我受到许多真诚的心的簇拥和嘱托,还有许多许多事要做,我必须站起来。

载灵的大轿车前有一个大花圈,饰有黑黄两色的绸带。我们随着灵车,驶过天安门。世界依然存在,人们照旧生活,一切都在正常运行。

我们一直把父亲送到炉边。暮色深重,走出来再回头,只看见那黄色的盖单,它将陪同父亲到最后的刹那。

两天后,我们迎回了父亲的骨灰,放在他生前的卧室里。母亲的遗骨已在这里放了十三年。现在二老又并肩而坐,只是在条几上。明春他们将合葬于北京万安公墓。侧面是那张两人同行的照片,母亲撑着伞,父亲一脚举起,尚未落下。那是六十年代初一位不知名的人在香山偷拍的,当时二老并不知道。摄影者拿这张照片在香港出售,父亲的老学生、加拿大籍学人余景山先生恰巧看见,遂将它买下,七十年代末方有机会送来。母亲也见到了这帧照片。

亲爱的双亲,你们的生命的辉煌乐章已经停止,但那向前行走的画面是永恒的。

借此小文之末,谨向所有关心三松堂的亲友致谢。关系有千百种不同,真情的分量都不同寻常。踵吊和唁文未能一一答谢,心灵的慰藉和嘱托永远铭记不忘。

一九九〇年十二月十七日—十九日

距曲终已三周矣

花朝节的纪念

农历二月十二日，是百花出世的日子，为花朝节。节后十日，即农历二月二十二日，从一八九四年起，是先母任载坤先生的诞辰。迄今已九十九年。

外祖父任芝铭公是光绪年间举人。早年为同盟会员，奔走革命，晚年倾向于马克思主义。他思想开明，主张女子不缠足，要识字。母亲在民国初年进当时的女子最高学府北京女子师范学校读书，一九一八年毕业。同年，和我的父亲冯友兰先生在开封结婚。

家里有一个旧印章，刻着"叔明归于冯氏"几个字，叔明是母亲的字。以前看着不觉得，父母都去世后，深深感到这印章的意义。它标志着一个家族的繁衍，一代又一代来到世上，扮演各种角色，为社会做一点努力，留下了各种不同色彩的记忆。

在我们家里，母亲是至高无上的守护神。日常生活全是母亲料理,三餐茶饭,四季衣裳,孩子的教养,亲友的联系,需要多少精神! 我自幼多病,常在和病魔作斗争,能够不断战胜疾病的主要原因是我有母亲。如果没有母亲,很难想象我会活下来。在昆明时我严重贫血,上"纪念周"站着站着就晕倒,后来索性染上肺结核休学在家。当时的治法是一天吃五个鸡蛋,晒太阳半个小时。母亲特地把我的床安排到有阳光的地方,不论多忙,这半小时必在我身边,一分钟不能少。我曾由于各种原因多次发高烧,除延医服药外,母亲费尽精神护理。用小匙喂水,用凉手巾敷在额上。有一次高烧昏迷中,觉得像是在一个狭窄的洞中穿行,挤不过去。我以为自己就要死了,一抓到母亲的手,立刻知道我是在家里,我是平安的。后来我经历名目繁多的手术,人赠雅号"挨千刀的"。在挨千刀的过程中,也是母亲,一次又一次陪我奔走医院。医院的人总以为是我陪母亲,其实是母亲陪我。我过了四十岁,还是觉得睡在母亲身边最心安。

母亲的爱护,许多细微曲折处是说不完、也无法全捕捉到的。但也就是因为有这些细微曲折才形成一个家,这人家处处都是活的,每一寸墙壁、每一寸窗帘都是活的。小学时曾以"我的家庭"为题作文。我写出这样的警句:"一个家,没有母亲是不行的。母亲是春天,是太阳。至于有没有父亲,不很重要。"作业在开家长会时展览,父亲去看了,回来向母亲描述,对自己的地位似并不在意,以后也并不努力增加自己的重要性,只顾沉浸在他的哲学世界中。

希腊文明是在奴隶制时兴起的,原因是有了奴隶,可以让自由人充分开展精神活动。我常说,父亲和母亲的分工有点像古希腊。在父母那时代,先生专心做学问,太太操劳家务,使无后顾之忧,是常见的。不过我的父母亲特别典型,他们真像一个人分成两半,一半主做学问,一半主理家事,左右合契,毫发无间。应该说,他们完成了上帝的愿望。

母亲对父亲的关心真是无微不至,父亲对母亲的依赖也是到了极点。我们的堂姑父张岱年先生说:"冯先生做学问的条件没有人比得上。冯先生一辈子没有买过菜。"细想起来,在昆明乡下时,有一阵子母亲身体不好,父亲带我们去赶过街子,不过次数有限。他的生活基本上是水来湿手,饭来张口。古人形容夫妇和谐用"举案齐眉"几个字,实际上就是孟光给梁鸿端饭吃;若问"是几时孟光接了梁鸿案",也应该是做好饭以后。

旧时有一副对联"自古庖厨君子远,从来中馈淑人宜",放在我家正合适。母亲为一家人真操碎了心,在没有什么东西的情况下,变着法子让大家吃好。她向同院的外国邻居的厨师学烤面包,用土豆引子,土豆发酵后力量很大,能"砰"的一声,顶开瓶塞,声震屋瓦。在昆明时一次父亲患斑疹伤寒,这是当时西南联大一位校医郑大夫经常诊断出的病,治法是不吃饭,只喝流质,每小时一次,几天后改食半流质。母亲用里脊肉和猪肝做汤,自己擀面条，擀薄切细，下在汤里。有人见了说，就是只吃冯太太做的饭，病也会好。

一九六四年父亲患静脉血栓，在北京医院卧床两个月。母亲每天去送饭，有时从城里我的住处，有时从北大，都总是第一个到。我想要帮忙，却没有母亲的手艺。父亲暮年，常想吃手擀的面，我学做过几次，总不成功，也就不想努力了。

母亲把一切都给了这个家。其实母亲的才能绝不只限于持家。母亲毕业于当时的女子最高学府，曾任河南女子师范学校预科算术教员。她有一双外科医生的巧手，还有很高的办事能力。外科医生的工作没有实践过，但从日常生活中，从母亲缝补、修理的功夫可以想见；办事能力倒是有一些发挥。

五十年代初至一九六六年，母亲做居民委员会工作，任北大燕南、燕东、燕农、镜春、朗润、蔚秀、承泽、中关八大园的主任，曾为家庭妇女们办起装订社、缝纫社等。母亲不畏辛劳，经常坐着三轮车来往于八大园间。这是在家庭以外为社会服务，她觉得很神圣，总是全心全意去做。居委会成员常在我家学习，最初贺麟夫人刘自芳、何其芳夫人牟决鸣等都是成员，后来她们迁往城内，又有吴组缃夫人沈菽园等参加。五十年代有一次选举区人民代表，不记得是哪一位曾对我说，"任大姐呼声最高"。这是真正来自居民的声音。

我心中有几幅图像，愈久愈清晰。

一幅在清华园乙所，有一间平台加出的房间，三面皆窗，称为玻璃房，母亲常在其中办事或休息。一个夏日，三面窗台上摆着好几个宽口瓶和小水盆，记得种的是慈姑。母亲那时大概不到四十岁，身着银灰色起蓝花的纱衫，坐在房中，鬓发漆黑，肌肤雪白。常见外国油画有什么什么夫人肖像，总想怎么没有人给母亲画一幅。

另一幅在昆明乡下龙头村。静静的下午，泥屋、白木桌，母亲携我坐在桌前，为我讲解鸡兔同笼四则题。父亲从城里回来，点评说这是一幅乡居课女图。

龙头村旁小河弯处有一个小落差，水的冲力很大。每星期总有一两次，母亲把一家人的衣服装在箩筐里，带着我和小弟到河边去。还有一幅图像便是母亲弯腰站在欢快的流水中，费力地洗衣服，还要看着我们不要跑远，不要跌进河里。近来和人说到洗衣的事，一个年轻人问，是给别人洗吗？还没到那一步，我答。后来想，如果真的需要，母亲也不怕。在中国妇女贤淑的性格中，往往有极刚强的一面，能使丈夫不气馁，能使儿女肯学好，能支撑一个家庭度过最艰难的岁月。孔夫子以为女人难缠，其实儒家人格的最高标准"富贵不能淫，贫贱不能移，威武不能屈"，用来形容中国妇女的优秀品质倒很恰当，不过她们是以家庭为中心罢了。

母亲六十二岁时患甲状腺癌，手术后一直很好。六十年代末又患胆结石，经常大发作，疼痛，发烧，最后不得不手术。那一年母亲七十五岁。夜里推进手术室，父亲和我在过厅里等，很久很久，看见手术室甬道那边推出一辆平车，一个护士举着输液瓶，就像一盏灯。我们知道母亲平安，仍能像灯一样给我们全家以光明、以温暖。这便是那第四幅图像了。握住母亲的手时，我的一颗心落在腔子里，觉得自己很有福气。

母亲虽然身体不好，仍是操劳家务，真没有过一天清闲的日子。她总是说，你们专心做你们的事。我们能专心做事，都因为有母亲，操劳一生的母亲！

记得是一九七七年九月十日，母亲忽然吐血，拍片后确诊为肺门静脉瘤。当时小弟在家，我们商量，母亲虽然年迈，病还是该怎么治就怎么治，不可延误。在奔走医院的过程中，受到许多白眼。一家医院住院部一位女士说："都八十三岁了，还治什么！我还活不到这岁数呢。"可以说，母亲的病没有得到治疗，发展很快。最后在校医院用杜冷丁控制疼痛，人常在昏迷状态。一次忽然说："要挤水！要挤水！"我俯身问什么要挤水，母亲睁眼看我，费力地说："白菜做馅要挤水。"我的眼泪一下涌了出来，滴在母亲脸上。

母亲没有让人多侍候，不过三周便抛弃了我们。当时父亲还在受审查，她走时很不放心，非常想看个究竟，但她拗不过生死大限。她曾自我排解说，知道儿女是好的，还有什么可求呢。十月三日上午六时三刻,我们围在母亲床前,眼见她永远阖上了眼睛。我知道,我再不能睡在母亲身边讨得那样深的平安感了。我们的家从此再没有春天和太阳了。我们的家像一叶孤舟忽然失了掌舵的人,在茫茫大海中任意漂流。我和小弟连同父亲,都像孤儿一样不知漂向何方。

因为政治,亲友都很少来往。没有足够的人抬母亲下楼,幸亏那天来了一位年轻的朋友,才把母亲抬到太平间。当晚哥哥自美国飞回来,到家后没有坐下,立刻要"看娘去",我不得不告诉他母亲已去。他跌坐在椅上,停了半晌,站起来还是说"看娘去"。

父亲为母亲撰写了一副挽联:"忆昔相追随,同荣辱,共安危,期颐望齐眉,黄泉碧落君先去;从今无牵挂,斩名缰,破利锁,俯仰无愧怍,海阔天空我自飞。"自己一半的消失使父亲把一切都看透了。以后,母亲的骨灰盒一直放在父亲卧室里。每年春节,父亲必率领我们上香,如此凡十三年。直到一九九〇年初冬那凄惨的日子,父母相聚于地下。又过了一年,一九九一年冬,我奉双亲归窆于北京万安公墓,一块大石头作为石碑,隔开了阴阳两界。

我曾想为母亲百岁冥寿开一个小小的纪念会,又想到老太太们行动不便,最好少打扰,便只就平常的了解或电话上的交谈,记下几句话。

姨母任均是母亲最小的妹妹。姨父母在驻外使馆工作时,表弟妹们读住宿小学,周末假日接回我家,由母亲照管。姨母说,三姐不只是你们一家的守护神,也是大家的贴心人。若没三姐,那几年我真不知怎么过。亲戚们谁没有得过她关心照料?人人都让她费过心血,我们心里是明白的。

牟决鸣先生已是很久不见了。前些时打电话来,说:"回想起在北大居住的那段日子,觉得很有意思。任大姐那时是活跃人物,她做事非常认真,总是全力以赴,而且头脑总是很清楚。"

在昆明时,赵萝蕤先生和我家几次为邻居,那时她还很年轻。她不止一次对我说很想念冯太太。她说在人际关系的战场上,她总是一败涂地当俘虏。可是和冯太太相处,从未感到战场问题。是母亲教她做面食,是母亲教她用布条打纽扣结,她有什么事都可以向母亲倾诉。记得在昆明乡下龙头村时,有一次赵先生来我家,情绪不大好,对母亲说,一位军官太太要学英语,又笨又俗又无礼,总问金刚钻几克拉怎么说。她不想教,来躲一躲。母亲安慰她,让她一起做家务事。赵先生走时,已很愉快。

另一位几十年的邻居是王力夫人夏蔚霞。现在我们仍然对门而居。夏先生说:"你千万别忘记写上我的话。我的头生儿子缉志是你母亲接生的。当时昆明乡下缺医少药,那天王先生进城上课去了,半夜时分我遣人去请你母亲。冯先生一起来的,然后先回去了。你母亲留下照顾我,抱着我坐了一夜,次日缉志才出世。若没有你母亲,我和孩子会吃许多苦!"

167

像春天给予百花诞辰一样,母亲用心血哺育着,接引着——

亲爱的母亲的诞辰,是花朝节后十日。

一九九三年五月

哭小弟

飞机强度研究所

技术所长冯钟越

我面前摆着一张名片，是小弟前年出国考察时用的。名片依旧，小弟却再也不能用它了。

小弟去了。小弟去的地方是千古哲人揣摩不透的地方，是各种宗教企图描绘的地方，也是每个人都会去而且不能回来的地方。但是现在怎么能轮得到小弟！他刚五十岁，正是精力充沛，积累了丰富的学识经验，大有作为的时候，有多少事等他去做啊！医院发现他的肿瘤已相当大，需要立即手术，他还想去参加一个技术讨论会，问能不能开完会再来。他在手术后休养期间，仍在看研究所里的科研论文，还做些小翻译。直到卧床不起，他手边还留着几份国际航空材料，说是"想再看看"。他也并不全想的是工作。已是滴水不进时，他忽然说想吃虾，要对虾。他想活，他想

169

活下去啊!

可是他去了,过早地去了。这一年多,从他生病到去世,真像是个梦,是个永远不能令人相信的梦。我总觉得他还会回来,从我们那冬夏一律显得十分荒凉的后院走到我窗下,叫一声"小姊——"

可是他去了,过早地永远地去了。

我长小弟三岁。从我有比较完整的记忆起,生活里便有我的弟弟,一个胖胖的、可爱的小弟弟,跟在我身后。他虽然小,可是在玩耍时,他常常当老师,照顾着小朋友,让大家坐好,他站着上课,那神色真是庄严。他虽然小,在昆明的冬天里,孩子们都生冻疮,都怕用冷水洗脸,他却一点不怕。他站在山泉边,捧着一个大盆的样子,至今还十分清晰地在我眼前。

"小姊,你看,我先洗!"他高兴地叫道。

在泉水缓缓的流淌中,我们从小学、中学至大学,大部分时间都在一个学校,毕业后就各奔前程了。不知不觉间,听到人家称小弟为强度专家;不知不觉间,他担任了总工程师的职务。在那动荡不安的年月里,很难想象一个人的将来。这几年,父亲和我倒是常谈到,只要环境许可,小弟是会为国家做出点实际的事的。却不料,本是最年幼的他,竟先我们而离去了。

去年夏天,得知他患病后无法得到更好的治疗,我于八月二十日到西安。记得有一辆坐满了人的车来接我,我当时奇怪何以如此兴师动众，原来他们都是去看小弟。到医院后，有人进病房握手，有人只在房门口默默地站一站，他们怕打扰病人，但他们一定得来看一眼。

手术时，有航空科学研究院、六二三所、六二一所的代表，弟妹、侄女和我在手术室外，还有辆轿车在医院门口。车里有许多人等着，他们一定要等着，准备随时献血。小弟如果需要把全身的血都换过，他的同志们也会给他。但是一切都没有用。肿瘤取出来了，有一个半成人的拳头大，一面已经坏死。我忽然觉得一阵胸闷，几乎透不过气来——这是在穷乡僻壤为祖国贡献着才华、血汗和生命的人啊，怎么能让这致命的东西在他身体里长到这样大！

我知道在这黄土高原上生活的艰苦，也知道住在这黄土高原上的人工作劳累，还可以想象每一点工作的进展都要经过十分恼人的迂回曲折。但我没有想到，小弟不但生活在这里，战斗在这里，而且把性命交付在这里了。他手术后回京在家休养，不到半年，就复发了。

那一段焦急的悲痛的日子，我不忍写，也不能写。每一念及，便泪下如缕，纸上一片模糊。记得每次看病，候诊室里都像公共汽车上一样拥挤。等啊等啊，盼啊盼啊，我们知道病情不可逆转，只希望能延长时间，也许会有新的办法。航空界从莫文祥同志起，还有空军领导同志都极关心他，各个方面包括医务界的朋友们也曾热情相助，我还往海外求医。然而错过了治疗时机，药物再难奏效。曾有个别的医生不耐烦地当面对小弟说，治不好了，要他"回陕西去"。小弟说起这话时仍然面带笑容，毫不介意。他始终没有失去信心，他始终没有丧失生的愿望，他还没有累够。

小弟生于北京，一九五二年从清华大学航空系毕业。他填志愿到西南，后来分配在东北，以后又调到成都，调到陕西。虽然他的血没有流在祖国的土地上，但他的汗水洒遍全国，他的精力一点一滴都献给祖国的航空事业了。个人的功绩总是有限的，也许燃尽了自己，也不能给人一点光亮，可总是为以后的绚烂的光辉做了一点积累吧。我不大明白各种工业的复杂性，但我明白，任何事业也不是只坐在北京就能够建树的。

我曾经非常希望小弟调回北京，分担我侍奉老父的重担。他是儿子，三十年在外奔波，他不该尽些家庭的责任吗？多年来，家里有什么事，大家都会这样说："等小弟回来。""问小弟。"有时只要想到有他可问，也就安心了。现在还怎能得到这样的心安？风烛残年的父亲想儿子，尤其这几年母亲去世后。他的思念是深的、苦的，我知道，虽然他不说。现在，他永远失去他最宝贝的小儿子了。我还曾希望在我自己走到人生的尽头，跨过那一道痛苦的门槛时，身旁的亲人中能有我的弟弟，他素来的可倚可靠会给我安慰。哪里知道，却是他先迈过了那道门槛啊！

一九八二年十月二十八日上午七时，他去了。

这一天本在意料之中,可是我怎能相信这是事实呢!他躺在那里,但他已经不是他了,已经不是我那正当盛年的弟弟,他再不会回答我们的呼唤,再不会劝阻我们的哭泣。你到哪里去了,小弟!自一九七四年沅君姑母逝世起,我家屡遭丧事,而这一次小弟的远去最是违反常规,令人难以接受!我还不得不把这消息告诉当时也在住院的老父,因为我无法回答他每天的第一句问话:"今天小弟怎么样?"我必须告诉他,这是我的责任。再没有弟弟可以依靠了,再不能指望他来分担我的责任了。

父亲为他写挽联:"是好党员,是好干部,壮志未酬,洒泪岂只为家痛;能娴科技,能娴艺文,全才罕遇,招魂也难再归来!"我那唯一的弟弟,永远地离去了。

他是积劳成疾,也是积郁成疾。他一天三段紧张地工作,参加各式各样的会议。每有大型试验,他事先检查到每一个螺丝钉、每一块胶布。他是三机部科技委员会委员,他曾有远见地提出多种型号研究。有一项他任主任工程师的课题研制获国防工办和三机部科技一等奖。同时他也是六二三所党委委员,需要在会议桌上坦率而又让人能接受地说出自己对各种事情的意见。我常想,能够"双肩挑",是我们五十年代至六十年代初期出来的知识分子的特点。我们是在"又红又专"的要求下长大的,当然,有的人永远也没有能达到要求,像我。大多数人则挑起过重的担子,在崎岖的、荆棘丛生的、有时是此路不通的山路上行走。那几

173

年的批判斗争是有远期效果的。他们不只是生活艰苦、过于劳累，还要担惊受怕，心里塞满想不通的事，谁又能经受得起呢！

小弟入医院前，正负责组织航空工业部系统的一个课题组，他任主任工程师。他的一个同志写信给我说，一九八一年夏天，西安一带出奇的热，几乎所有的人晚上都到室外乘凉，只有"我们的老冯"坚持伏案看资料。"有一天晚上，我去他家汇报工作，得知他经常胃痛，有时从睡眠中痛醒。工作中有时会痛得大汗淋漓，挺一会儿，又接着做了。天啊！谁又知道这是癌症！我只淡淡地说该上医院看看。回想起来，我心里很内疚！我对不起老冯，也对不起您！"

这位不相识的好同志的话使我痛哭失声！我也恨自己，恨自己没有早想到癌症对我们家族的威胁，即使没有任何症状，也该定期检查。云山阻隔，我一直以为小弟是健康的。其实他早感不适，已去过他该去的医疗单位。区一级的说是胃下垂，县一级的说是肾游走。以小弟之为人，当然不会大惊小怪，惊动大家。后来在弟妹的催促下，趁工作之便到西安检查，才做手术。如果早一年有正确的诊断和治疗，小弟还可以再为祖国工作二十年！

往者已矣。小弟一生，从没有埋怨过谁，也没有埋怨过自己，这是他的美德之一。他在病中写的诗中有两句："回首悠悠无恨事，丹心一片向将来。"他没有恨事。他虽无可以彪炳史册的丰功伟绩，却有一个普通人认真的、勤奋的一生。历史正是由这些人写成的。

小弟白面长身，美丰仪，喜文艺，娴诗词，且工书法篆刻。父亲在挽联中说他是"全才罕遇"，实非夸张。如果他有三次生命，他的多方面的才能和精力也是用不完的；可就是这一辈子，也没有得以充分的发挥和施展。他病危弥留的时间很长，他那颗丹心，那颗想让祖国飞起来的丹心，顽强地跳动，不肯停息。他不甘心！

这样壮志未酬的人，不止他一个啊！

我哭小弟，哭他在剧痛中还拿着那本航空资料"想再看看"，哭他的"胃下垂""肾游走"；我也哭蒋筑英抱病奔波，客殇成都；我也哭罗健夫不肯一个人坐一辆汽车；我还要哭那些没有见诸报章的过早离去的我的同辈人。他们几经雪欺霜冻，好不容易奋斗着张开几片花瓣，尚未盛开，就骤然凋谢。我哭我们这迟开早谢的一代人！

已经是迟开了，让这些迟开的花朵尽可能延长他们的光彩吧。

这些天，读到许多关于这方面的文章，也读到了《痛惜之余的愿望》，稍得安慰。我盼"愿望"能成为事实，我想需要"痛惜"的事应该越来越少了。

小弟，我不哭！

一九八二年十一月

怎得长相依聚

"蔡仲德（1937—2004） 人本主义者"。

这是我为仲德设计的墓碑刻字,我想这是他要的。他在病榻上的最后几个月,想得最多的就是关于人本主义问题。如果他能多些时日,会有更多的文章表达他的信念。但是天不佑人,他来不及了。但他在为我写的一篇短文里提出市场经济、民主政治、人权观念等几个概念,虽然简单,却也清楚地表明了他的理想。现在又想,理想只能说明他追求的高,不能说明他生活的广和深。因为他的一生虽然不够长,却足够丰富。他是一个好教师,也是一个好学者。生活最丰满处是因为他有了我,我有了他。世上有这样的拥有,永远不能成为过去。

人人都以为,我最后的岁月必定有仲德陪伴,他会为我安排一切。谁也没有料到,竟是他先走了,飘然飞向遥远的火星。我们原说过,在那里有一个家。有时我觉得,他正在院中的小路上走过来,穿着那件很旧的夹大衣;有时在这边说话,总觉得他的书房里有回应,细听时,却又没有。他已经消失了,消失在蓝天白云、青山绿水、树木花草之间。也许真的能在火星上找到他,因为我们这里的事情,要经过漫长的光阴和遥远的距离,才能到达那里,他是一个怎样的人,在那里可以重现。

首先,他是一个教师。他在入大学前曾教过两年小学,又任中学教员二十余年,以后调入中央音乐学院音乐学系。他四十六年的教学生涯里,在中央音乐学院任教四十四年。他教中学时,课本比较简单,他自己添加教材,开了很长的古典诗词目录,要求学生背诵。有的学生当时很烦,说蔡老师的课难上。许多年后却对他说,现在才知道老师教课的苦心,我们总算有了一点文学知识,比别人丰富多了。确实,这不仅是知识,更是对性情的陶冶,影响着一个人的生活。

上世纪七十年代初,在军营中经过政治磨难的音院师生回到北京,附中在京郊苏家坨上课,虽然上课很不正常,仲德却没有缺过一次课。一次刮大风,我劝他不要去,他硬是骑自行车顶着西北风赶二十几里路去上课,回来成了一个土人。上课对于一个教师是神圣的。他在音乐学系开设两门课:中国音乐美学史和士人格研究。人说他的课讲得漂亮。我听过几次,一次在河南大学讲授中国古代音乐美学,一次在香港浸会大学讲"说郑声"。一节课的时间被他安排得十分恰当,有头有尾,宛如一篇结构严密的文章。更让人称道的是下课铃响,他恰好讲出最后一个字,而且是节节课都如此,就连他出的考题也如一篇小文章。他在每次上课前都认真准备,做了严谨的教案。他说要在四十五分钟以内给学生最多的东西,小学、中学、大学都是如此。一次我们在外边用餐,不知为什么,一个陌生的年轻人拿了一本唐诗,指出一首要我讲,我不记得是哪一首了,只记得其中有两个典故。我素来喜读书不求甚解,讲不出,仲德当时做了详细的讲解。他说做教师就要甚解,要经得起学生问。学生问了,对教师会有启发。

他淹缠病榻两年有半,一直惦记着他的课和他指导的学生。就在他生病的这一个秋天,录取了一名硕士生。他在化疗期间仍要这个学生来上课,在北京肿瘤医院室内花园,在北大医院的病室,甚至是一面打着吊针,一面在进行授课。他对学生非常严格,改文章一个标点都不放过,学生怕来回课,说若是回答草率,蔡老师有时激动起来,简直是怒发冲冠,头发胡子都根根竖起。不是他指导的学生也请他看文章,他一视同仁,十分认真地提意见挑毛病改文字。同学们敬他爱他又怕他。

他做手术的那一天,走廊里站了许多我不认识的音院师生,许多人要求值班。那天清晨,有位老学生从很远的地方赶到我家,陪伴我。一个现在台湾的老学生在电话中哭着恳求我们收下他们的捐助。我们并不需要捐助,可是学生们的关心从四面八方把我们沉重的心稍稍托起。

一个大学教师在教的同时,自己必须做学问,才能带领学生前进,才能不是一个教书匠。七十年代末,他从研究《乐记》的成书年代开始,对中国音乐美学做了考察,写出了《中国音乐美学史》这部巨著。这是我国的第一部音乐美学史。后来这本书要修订出版,那时他住在龙潭湖肿瘤医院。他坐一会儿躺一会儿,一字一字,一页一页,八百多页的书稿在不时插上又拔下针管的过程中修订完毕。

经过多年的努力,他对各种文献非常熟悉,却从不炫耀,从不沾沾自喜,总是尽力地做好他承担的事,而且不断地思考,不知不觉间又写出了多篇论文,音乐方面的结集为《音乐之道的探求》,由上海人民音乐出版社出版。文化方面的结集为《艰难的涅槃》,正像书名一样,这本书命运多舛,因为思想不合规矩,现在尚未能出版。

他能够连续十几小时稳坐书案之前,真有把板凳坐穿的精神。他从事学术研究不限于音乐美学,冯学研究也是重要的部分。其著述材料之翔实、了解之深切、立论之精当,为学界所推重。还是不知不觉间,他写出了六十六万字的《冯友兰先生年谱初编》,并整理、修订增补了七百余万字的《三松堂全集》第二版,又写出了《冯友兰先生评传》《教育家冯友兰》等。

对于我的父亲,他不只是一个研究者,而且也远远超过半子。幸亏有他,父亲才有这样安适的晚年。他推轮椅,抬担架,帮助喂饭、如厕。我的兄弟没有做到和来不及做的事，他做了；我自己承担不了的事，他承担了。从父母的墓地回来，荒寂的路上如果没有他，那会是怎样的日子！可是现在，他也去了。

在繁忙的教学、研究之余，他为我编辑了《宗璞文集》四卷本。他是我的第一读者，为我的草稿挑毛病。用引文懒得查时，便去问他，他会仔细地查好。我称他为风庐图书馆长，并因此很得意。现在我去问谁？

父亲去世以后，我把家中藏书赠给清华大学思想文化研究所，设立了"冯友兰文库"，但留了"四部丛刊"和一些线装典籍，供仲德查阅。他阅读的范围，已经比父亲小多了。现在他走了，我把最后留下的书也送出。我已经告别阅读，连个范围也没有了。他自己几十年收集的关于音乐美学方面的书，我都送给了中央音乐学院图书馆。学生们从这些书中得到帮助时，我想他会微笑。

他喜欢和人辩论，他的许多文章都在辩论。辩论就是各抒己见，当仁不让。他说思想经过碰撞会迸发出火花，互相启迪，得到升华，所谓真理愈辩愈明。如果只有"一言堂"，思想必然僵化，那是很可怕的。他看到的只是学问道理，从没有个人意气。

他关心社会，反对躲进象牙之塔。他认为每一个生命是独立的又是相联的。他在音乐学院任基层人民代表十年，总想多为别人做些事。他是太不量力了，简直有些多事，我这样说他。他说

180

大家的事要大家管。音乐史专家毛宇宽说："蔡仲德是一位真正意义上的中国知识分子。"我觉得他是当得起的。

我们居住的庭院中有三棵松树，因三松堂名得到许多人的关心，常有人来，有的是从很远的地方，就为了要看一看这三棵松树。三棵松中有两棵高大，一棵枝条平展，宛如舞者伸出的手臂。仲德在时，这一棵松树已经枯萎，剩下一段枯木，我想留着，不料很不好看，挖去了。又栽上一棵油松，树顶圆圆的，宛如垂髫少女。仲德和我曾在这棵树前合影，他坐我立，这是他最后的一张室外照片，也是我们最后的合影。又一棵松树在一次暴风雨中折断了，剩下很高的枯干，有些凶相。现在这棵树也挖去了，仍旧补上一棵油松，姿态和垂髫少女完全不同，像是个小娃娃，人们说它是仙童。

仲德没有看见这棵新松。万物变迁，一代又一代，仲德留下了他的著作和理想，留下了他的爱心。爱心和责任感是连在一起的。我们家中从里到外许多事都是他管，他生病后的第一个冬天，在病房惦记着家里的暖气。他认为来暖气时应该打开暖气上的阀门，让水流出来，水才会通。他在病床上用电话指挥，每个房间依次打开不能搞乱。我们几个女流之辈，拿着水桶，被他指挥得团团转。其实我认为这是不必要的，可是我领头依令而行，泪滴在水桶里……

仲德和我在一起生活了三十五年，因为有了他，我的生活才这样丰满。我们可以彼此倾诉一切，意见不同可以辩论，但永远互相理解，互相尊重。在他最后的时刻，我们曾一起计算着属于我们两人的日子。他含泪低声说："我们相聚的时间太少了。"现在想起来，仍觉肝肠寸断！我觉得，只要有他，实在别无所求。但是他去了。所幸的是他的力量是这样大，可以支持我，一直走向火星。

蔡仲德，我的夫君，在那里等着我。

女儿告诉我，她做过一个梦，梦见我们三个人在一起，仲德不知为什么起身要走。我们哭着要拉住他，可是怎么也拉不住。他走了。

人生的变化，有谁能拉得住呢。

二〇〇七年一月五日

距二〇〇四年二月十三日仲德逝世已将三年矣

水仙辞

仲上课回来,带回两头水仙。可不是,在不知不觉间,一年只剩下一个多月了,已到了养水仙的时候。

许多年来,每年冬天都要在案头供一盆水仙。近十年,却疏远了这点情趣。现在猛一见胖胖的茎块中顶出的嫩芽,往事也从密封着的心底涌了出来。水仙可以回来,希望可以回来,往事也可以再现,但死去的人,是不会活转来了。

记得城居那十多年,澂莱与我们为伴。案头水仙,很得她关注,换水、洗石子都是她照管。绿色的芽,渐渐长成笔挺的绿叶,好像向上直指的剑。然后绿色似乎溢出了剑锋,染在屋子里,在北风呼啸中,总感到生命的气息。差不多常在最冷的时候,悄然飘来了淡淡的清冷的香气,那是水仙开了。小小的花朵或仰头或颔首,在绿叶中显得那样超脱,那样悠闲。淡黄的花心,素白的花瓣,若是单瓣,则格外神清气朗,在线条简单的花面上洋溢着一派天真。

等到花叶多了，总要用一根红绸带或红绉纸，也许是一根红线，把它轻轻拢住。那也是澂莱的事，我只管赞叹："哦，真好看。"现在案头的水仙也会长大，待到花开时，谁来操心用红带拢住它呢？

管花人离开这世界快十一个年头了。没有骨灰，没有放在盒里的一点遗物，也没有一点言语。她似乎是飘然干净地去了，在北方的冬日原野上，一轮冷月照着其寒彻骨的井水，井水浸透她的身心。谁能知道，她在那生死大限上，想喊出怎样痛彻肺腑的冤情，谁又能估量她的满腔愤懑有多么沉重！她的悲痛、愤懑以及她自己，都化作灰烟，和在祖国的天空与泥土里了。

人们常赞梅的先出、菊的晚发。我自然也敬重它们的品格气质。但在菊展上见到各种人工培养的菊花，总觉得那曲折舒卷虽然增加了许多姿态，却减少了些纯朴自然。梅之成为病梅，早有定盦居士为之鸣不平了。近闻水仙也有种种雕琢，我不愿见。我喜欢它那点自然的挺拔，只凭了叶子竖立着。它竖得直，其实很脆弱，一摆布便要断的。

她也是太脆弱。只是心底的那一点固执，是无与伦比了。因为固执到不能扭曲，便只有折断。

她没有惹眼的才华，只是认真，认真到固执的地步。五十年代中，我们在文艺机关工作。有一次，组织文艺界学习中国近代史,请了专家讲演。待到一切就绪,她说:"这个月的报还没有剪完呢,回去剪报罢。"虽然她对近代史并非没有兴趣。当时确有剪报的任务,不过从未见有人使用这资料。听着嚓嚓的剪刀声,我觉得她认真得好笑。

"我答应过了。"她说。是的,她答应过了。她答应过的事,小至剪报,大至关系到身家性命,她是要做到的。哪怕那允诺在冥暗之中,从来无人知晓。

我们曾一起翻译《缪塞诗选》,其实是她翻译,我只润饰文字而已。白天工作忙,晚上常译到很晚。我嫌她太拘泥,她嫌我太自由,有时为了一个字,要争论很久。我说译诗不能太认真,因为诗本不能译。她说诗人就是认真,译诗的人更要认真。那本小书印得不多,经过那动荡的年月,我连一本也没能留得下。绝版的书不可再得了。眼看新书一天天多起来,我指望着更好的译本。她还在业余翻译了法国长篇小说《保尔和维绮妮》,未得出版。近见报上有这部小说翻译出版的消息,想来她也会觉得安慰的。

她没有做出什么惊人的事业,那点译文也和她一样不复存在了。她从不曾想要有出类拔萃的成就,只是认真地、清白地过完了她的一生。她在人生的职责里,是个尽职的教师、科员、妻子、母亲和朋友。在到处是暗礁险滩的生活的路上,要做到尽职谈何容易!我想她是做到了。她做到了她尽力所能做到的一切,但是很少要求回报。她是这样淡泊。人们都赞水仙的淡泊,它的生命

185

所需不过一盆清水。其实在那块茎里,已经积蓄足够的养料了。人的灵魂所能积蓄的养料,其丰富有时是更难想象的罢。

现在又有水仙在案头,我不免回想与她分手的时候。记得是激莱到干校那年,有人从外地辗转带来两头水仙,养在"破四旧"时漏网的白瓷盆里。她走的那天,已经透出嫩芽了。当时两边屋里都凌乱不堪,只有绿芽白盆、清水和红石子,似乎还在正常秩序之中。

我们都不说话,心知她这一去归期难卜。当时每个人都不知自己明天会变成什么,去干校后命运更不可测。但也没有想到眼前就是永诀。让她回来收拾东西的时间很短,她还想为在重病中的我做一碗汤,仅只是一碗汤而已,但是来不及了。她的东西还没有收拾好,用两块布兜着,便去上车。仲草草替她扎紧,提了送她。我知道她那时担心的是我的病体,怕难见面。我倚在枕上想,我只要活着,总会有见面的一天。她临走时进房来看水仙,说了一句"别忘了换水",便转身出去。从窗中见她笑着摆摆手。然后大门呀的一声,她走了。

那竟是最后一面!那永诀的笑容留下了,留在我心底。是她,她先走了。这些年我不常想到她。最初是不愿意想,后来就自然地把往事封埋。世事变迁,旧交散尽,也很少人谈起她这样平常的人。她自己,从来是不愿占什么位置的,哪怕在别人心中。若知道我写这篇文字,一定认为很不必,还要拉扯水仙,甚至会觉得滑稽罢。但我隔了这许多年，又在自己案头看见了水仙，是不能不写下几行的。

尽管她希望住在遗忘之乡，我知道记住她的不止我一人。我不只记住她那永诀的笑容，也记住要管好眼前的水仙花。换水、洗石子，用红带拢住那从清水中长起来的叶茎。

澂莱姓陈，原籍福建，正是盛产水仙花的地方。

一九八二年一月

在曹禺墓前

　　四十年代后期,在清华读书时,有一阵子,每到下午课后,常常骑车出去漫游。圆明园、颐和园以及这一带当时还很荒僻的郊野,都是常到的地方。漫游中有一个"景点",便是万安公墓。那时的万安真是安静,很少人迹,墓也不多。春来野花烂漫,秋至落叶萧萧,便总想起华兹华斯的那首《我们是七个》,诗中说一个孩子认为死去的姐妹只不过是躺在墓园里,有句云"每当夕阳西下/我来到墓边/拿着我的小碗/坐在他们身旁吃晚饭",似乎他们仍在世上。那时我在墓间走来走去,觉得彼岸世界浑和静穆,很近又很远。

　　后来自己经历了几次亲人的永别,才知道什么是死亡。万安公墓不再是我欣赏的对象,而是牵连到我的心魂。我几乎是怕去,但又想去,抚一抚父母的墓碑,也是定省。今年清明前我们照例去扫墓,擦拭了作为墓碑的大石头,摆好了花束,又照例默然站了一会儿，各人想自己的心事。然后为一点小问题，我们到管理处去。走过另一个区时，家人忽说："曹禺在这里。"

我们快步向前，见一个矮碑，写着"曹禺"两个大字，为巴金老人所题。墓面是隆起的黑色大理石，没有任何别的字迹。本来"曹禺"两个字就足以说明一切了。我们不约而同肃然而立，深深三鞠躬。

五十年代中，我在文艺界打杂，曹禺同志（这是习惯的称呼）为写《明朗的天》，曾约我谈话，要我讲讲新中国成立前后教授的生活、学生的心情等。我讲话的能力很差，大概没有帮助。讲到新中国刚成立时，和几个同学在寒风中，走到海淀去看解放军。解放军一个个都很年轻，戴着大皮帽子。他很注意这一细节。《文艺报》一个同事的妹妹是医生，他也曾去拜访。听说他写《日出》时，对不了解的生活特去做实地考察。这样补充生活，有时能酿出蜜来，有时却不一定，而这种认真的精神很值得我学习。以后，每在一些场合遇到时，他总要关心地问起冯老师近况。印象最深的是在阳翰老八十五华诞的庆祝会上，曹禺同志特地走到我面前说："问冯老师好。我是万家宝，告诉他，万家宝问好。"

一九九三年，我在深圳小住。住处有一个女服务员，学写小说，笔名梅子，拿了几篇作品来征求意见，乃和她谈起要多读书。她说最想读曹禺的剧本，许多人想读，但是买不到。回京后，我立即到处搜寻《曹禺选集》，遍寻无着。我们又失望又气闷，为什么想看的书总是买不到呢？这个奥秘我到现在也不明白。当时有一家小出版社负责人听说，觉得偌大北京城买不到曹禺剧本实在不可思议，便想由他填补空白。我们都很兴奋，特地到北京医院看望曹禺同志，说了这一愿望。他说已和人民文学出版社签有合同，可是不知是没有书了，还是有书渠道不通。那家小出版社只好作罢。他还坚持依照习惯，坐在轮椅上送我们到电梯口。其实我们也知道，这样的张罗只是尽心而已。我只好写信给梅子，告诉买不到书，也不知道她收到这信没有。后来《曹禺全集》是由花山出版社出版的，不知是什么原因。

一九九六年底，曹禺同志逝世，我觉得历史好像翻过了一页，再也回不去了。

曹禺同志是话剧史上的里程碑，我没有专门研究，这只是一个读者的看法。记得在昆明，上中学时，曾看过《家》《北京人》等演出，每次都受到很大的震撼。它们都有一种诗意，就好像《红楼梦》和别的小说的区别，就是有一种诗意。这使得作品超凡脱俗，直叩人们心底。从来改编自小说的剧本都不及小说，只有《家》的改编是个例外。它本身就是创作，很有灵气，很美。我很喜欢曹禺的对话。只凭对话不用描写，就能塑造出活生生的人物，真是了不起！而且那语言是多么铿锵有力。那时我们几个少年人在一起，有人随便说一句："太阳出来了！"别的人就会自然地接上去："黑暗留在后头，但是太阳不是我们的，我们要睡了。"还有

《北京人》中的台词,"这是人类的祖先,这也是人类的希望,那时候的人要爱就爱,要恨就恨",也是我们常背诵的。《原野》中仇虎和金子的对话,一个说:"给你钱。"一个答:"钱我有。"一个说:"给你车。"一个答:"车不用。"过了几十年,我还记得。我觉得他的剧本不只是为上演,也是为了阅读,可以大声朗诵,也可以默默阅读,那语言在你心里回荡时,真是无声胜有声了。

若要攀点关系,可以说曹禺同志和我是清华先后同学。我一直认为,自一九二八年清华学校改为清华大学以降,在文科领域里,曹禺是清华学长第一人。

还有一位我敬佩的清华学长是作曲家黄自。老实说,当我知道黄自也是清华毕业(一九二四年)时,很觉奇怪。我喜欢他的音乐。在我国现代音乐史上,第一部交响音乐是他创作的。一九九五年,我在美国参加一个会,一个台湾旅美作家说,他很关心对黄自的评价。其实我们的中央音乐学院已经在校园里竖起了黄自的铜像,我每次去都要行注目礼。我永远记得他的《抗敌歌》中那雄壮的合唱:"锦绣江山谁是主人翁?我们四万万同胞!"前几天,中央电视台还演播了他的《春思曲》。可惜黄自在全面抗战后一年,在三十四岁的锦绣年华去世了,不然我们还会听到他的更好的、真正伟大的音乐。

曹禺和黄自对中华民族的文化倾注了自己生命的甘泉。他们的作品都是原创性的,不可替代的。他们是清华的骄傲。我们仍在读他的书,唱他的歌,而且会一直继续下去。

我不知道想读曹禺的读者们是否已经有书。希望他们不会等得太久。

明年清明,我当另带一束鲜花,放在曹禺墓前。

一九九九年清明前后,搁至端阳始又检出

大哉韦君宜

二〇〇二年一月二十六日黄昏,邵燕祥来电话告诉我,君宜同志已于当日中午辞世。我立即给杨团打电话,杨团说君宜同志是在歌声中离去的。那是抗日战争时代留下的歌,万众一心用血肉筑成长城的歌。她是唱着这些歌走上革命道路的,用这样的歌为她送行再恰当不过。

君宜同志是个敢说真话的人。我们经历过的那个古怪时代,要把所有的人的头脑都变成复印机,传达什么就照着讲照着说,够不上传达的也要人云亦云,以免出"错"。君宜同志不是这样,她要把她看到的真实情况说出来,小至对一个人的看法,大至对国家局势的看法。我常说,历史是一个哑巴,人们知道的只是写出的字。要更多的人说出真话,我们才可以接近真的历史。

君宜同志是一个能够反思的人。痛定思痛,只有人才能够做到这一点。可是人常常放弃这一特性。有多少人于痛定时就失去了记忆；有多少人于痛定时还要涂抹油彩，说本来就没有什么痛。《思痛录》中有这样一段话："我就是这样一步一步思索我这十来年的痛苦，直到思索痛苦的根源：我的信仰。直到我们这一整代人所做出的一切，所牺牲和所得失的一切。思索本身是一步一步的，写下来又非一日，其中深浅自知，自亦不同。现在仍归其旧。这个根源，我留给后来者去思索。"她的反思不是偶然的、片段的，而是有目的、有系统的，有这样的反思才能进步。

然而这需要多么大的勇气。也许她根本没有想到勇气，她只是要把她看到和认真思索过的说出来，为了后人。

君宜同志是个永不消沉的人，缠绵病榻十余年，写下了近三十万字的文稿，为历史作证。我是一个老病号，在和病魔周旋时，有时会万念俱灰，满脑子萦绕着那两句"纵有千年铁槛寺，终需一个土馒头"。我深知病中写作的艰难，我不知道君宜同志有没有灰心的时刻，但她是胜利者。

她终于明白地说出了要说出的话，可以安心地沉默，这让人减少些悲痛。

二〇〇二年清明前夕

应该说的话

二〇一三年春节,铁凝来看我。她说:"我刚从杨绛先生那里来。她问我,你要去看钟璞吗?我说是的。杨先生说,替我问她好。"

我一听,立刻叫人拨通杨先生的电话。好在电话号码还在那里。报名以后,保姆小吴说:"我去问奶奶。"杨先生很快来接电话了。

我向杨先生问安,两人都很高兴。我们本是师生关系。我上过她的英国小说选读这门课。说着话,彼此都有点伤感。杨先生说:"我还记得你听课时候的样子。我从来没有把你当作学生。我一直把你当作作家。我是上一代女作家里最年轻的,你是这一代女作家中最年长的。我们两个联系了两代人。"我从不知杨先生有这样的想法,也没听到过这样的说法。我这一代中最年长的应该是茹志鹃。但因为我是杨先生的学生,所以她知道我。

在电话里我听见杨先生的声音稍有些沙哑,但讲话还是很清楚。杨先生说:"我又听见鸟叫了。"我当学生时她就说我的声音像鸟叫。我说要去看她,铁凝在旁说:"我陪你去。"可是,因为南沙沟没有电梯,我不能上楼。结果就像许多事情一样,拖啊拖,拖到最后终于没有去看她。这是我们的遗憾。

一九六六年八月十八日,在天安门前有接见红卫兵的活动。为配合这次接见,各单位又揪出一些不起眼的"牛鬼蛇神",我便在其中。我当时已被隔离在贡院西街《世界文学》杂志原址,和编辑部几位同志一起,每天中午在火炉上煮方便面。这一天下午,我被传唤到社科院大院编辑部的办公室,和外文所的老先生们一起接受批斗。我好像是升级了,当时杨绛先生也在场。造反派气势汹汹地喊口号,有人向杨先生大声喝叫:"告诉你不准搽粉,你怎么还搽?"杨先生天生皮肤很白,她低声分辩:"没有搽。"那人又大声喝叫:"不准分辩!"

因为"子弹"不多,批斗很快结束。这是八月十八日那天在我们这个小单位的一幕。

一九六九年秋,我和蔡仲德结婚,当时"文革"气氛已经有所缓和。《世界文学》编辑部和外文所有十来位同志来祝贺,杨先生也在其中。她是来客中唯一的长者。

以后,我和杨先生之间的不愉快是时代的颠簸所致。一切关系都撕裂了、扭曲了,极不正常。

杨先生走在人生边缘上时，想来是希望一切正常。我现在也到了人生的边缘。我要说一声："杨先生，我的老师。不久在彼岸，让我再在你的指导下研读英国小说吧。"

以上的文字是多年前写的。因为觉得事情已经过去，不必再提起，也就搁下了。转眼间，杨先生去世已将五年。现在看来这些话还是应该说，告诉大家杨先生和我的关系状况。我想这也是杨先生所希望的。

北宋哲学家张载把辩证法的规律归纳为四句话："有象斯有对，对必反其为；有反斯有仇，仇必和而解。"人的一生不知有多少大小恩怨，只是争执，离仇还远，也都应该和而解。我相信这个道理。

二〇一八年十二月至二〇二一年三月

他的"迹"和"所以迹"

——为冯友兰先生一百一十年冥寿作

人寿绝少超过百年,而思想却可以活过百年千年,一直活下去。一九九〇年,我的父亲冯友兰先生去世。头几年,信箱里仍常有他的信件。我看到时总有一种异样的感觉,觉得是混淆了阴阳界。我拆阅,小心地收好,偶然也回复。后来,信渐渐少了,他的著作的传播却从未停止。前两个月又收到寄给冯先生的信。信是一位在北大就读的台湾学生写的。他说:"冯大师,虽然我知道这是一封您收不到的信,但我还是想向您表达敬意。""'贞元六书'是改变我一辈子的书,过去我太注重人的动物性,忽略了人的人性,在您的书中我深刻地体会到人性的重要性。"几天后又有人说起读《中国哲学史新编》的体会,说那真是一部浩瀚如海的大文化史。

父亲已经去世了,只能从九天之上俯视我们,而他的书仍活在人间,与我们为伴。

"贞元六书"是冯先生于抗日战争中在一盏油灯下写出的六本书。这六本书构成了他完整的哲学体系。《新世训》有序云："事变以来,已写三书。曰《新理学》,讲纯粹哲学。曰《新事论》,谈文化社会问题。曰《新世训》,论生活方法,即此是也。书虽三分,义则一贯。"

《新原人》序云："此书虽写在《新事论》《新世训》之后,但实为继《新理学》之作。"书中提出了人生境界说,要人不断地提高自己的精神境界。《新知言》序云："前发表一文《论新理学在哲学中底地位及其方法》,后加扩充修正,成为二书,一为《新原道》,一即此书。《新原道》述中国哲学之主流,以见新理学在中国哲学中之地位。此书论新理学之方法,由其方法,亦可见新理学在现代世界哲学中之地位。承百代之流,而会乎当今之变,新理学继开之迹,于兹显矣。"序虽简短,六书各自的地位、彼此的关系,都说得很是明白。

冯先生说,他的哲学是最哲学的哲学,于实际无所肯定。去年,老哲学工作者茅冥家先生,写了一本书叫《还原冯友兰》,他的意思就是冯友兰被扭曲了,现在来还原他。这个书写得很内行。他说《新原道》讲形上学的历史,在中国没有一本书讲形上学的历史。如果黑格尔读到这本书,就不会说中国没有哲学了。这是茅冥家先生的意见。我想,做学问就像冯先生在《新原道》序言中说的:"学问之道,各崇所见,当仁不让。"我觉得这个话非常好。当仁不让,这样才能百家争鸣。当然这也要有它的环境。

一九二六年,冯先生在燕京大学任教,教授中国哲学史,就开始酝酿写一部中国哲学史。一九二八年到清华,从此找到了安身立命之地。在那里他一直参与学校的领导工作,在教学和行政工作之余,写出了两卷本的《中国哲学史》,这是我国第一部完整的用现代方法写成的中国哲学史,对这个哲学史我也是越来越认识到它的价值。因为以前读书就是这样读过去,知其然不知其所以然。这些年读到一些文章,如任继愈先生有文章说,冯先生具有高度的概括能力,他用现代的治学方法,把我们中国的哲学史梳理得非常清楚,原来说不清楚的地方现在都说清楚了。例如把惠施哲学归结为合同异,把公孙龙哲学归结为离坚白。大家读起来以为本来就是这样的,其实这是我们前辈学者经过多少辛苦工作整理出来的。其他还有很多例子,例如把王弼的《老子注》和郭象的《庄子注》从《老子》《庄子》的附庸地位中独立出来。美国学者欧迪安特别推崇冯先生关于郭象的文章,把它译成英文。一九九五年我在美国,她用特快专递把译稿寄给我,表示对冯先生的崇敬。

关于冯先生对中国哲学史的贡献,陈来教授有一篇文章,说明了哪些地方是冯先生第一次提出来的,说得很详细。冯先生的这些新见发前人之所未发,也是后人不能改变的事实。

一九四六年到一九四七年,冯先生在美国宾州大学讲授中国哲学史,一面和卜德教授一起翻译两卷本的《中国哲学史》。冯先生用英文授课,这个讲稿就是后来的《中国哲学简史》。有人误认《简史》为《中国哲学史》两卷本的缩写本,这是完全错误的。它不是两卷本《中国哲学史》的缩写本,而是一本全新的书。如果只是缩写,内容就只限于两卷本原有的,但这书有冯先生新的研究心得,是在一个新的高度上写出的。它用不长的篇幅把很长的中国哲学史说得极为明白而且有趣,真是一本出神入化的书,我每读都如醍醐灌顶,心神宁静。去年有赵复三先生的新译本,译文准确流畅,也是难得的。

我们迎来了改革开放,冯先生得以用全身心写作《中国哲学史新编》。他用尽了生命写出了这部书,用"春蚕到死丝方尽,蜡炬成灰泪始干"这两句诗来形容实不为过。这部哲学史有它自己的特点,也提出了新的看法。

《新编》自序中说,这部书的特点"除了说明哲学家的哲学体系外,也讲了一些他所处的政治社会环境。这样做可能失于芜杂。但如果做得比较好,这部《新编》也可能成为一部以哲学史为中心而又对于中国文化有所阐述的历史"。我想他是做到了。

《新编》提出了许多新看法。如对佛教的发展过程,提出"格义""教门""宗门"三个阶段;又如认为太平天国是向中世纪神权的倒退。最后更提出了"仇必和而解"的论断,指出人类社会应该走上和谐、理解的道路。

父亲曾自撰茔联："三史释今古,六书纪贞元。"这是他对自己工作的总结,也是他的"迹"。现在要问一问"所以迹",怎么会有这些"迹"。

有人问我,冯先生一九四八年在美国,为什么回国？我对这个问题很惊讶,他不可能不回国,这里是他的父母之邦,是和他的血肉联结在一起的。政权是可以更换的,父母之邦不能更换。中国文化是他的氧气,他离不开这古老的土地,这种感情不是一个"爱国主义"所能包括的。当然他并没有预测到以后会经历这样坎坷的生活。这也不是冯友兰一个人的经历,他可以说是一个代表人物。

他在《新世训》序中说："贞元者,纪时也。当我国家复兴之际,所谓贞下起元之时也。我国家民族方建震古烁今之大业,譬之筑室,此三书者,或能为其壁间之一砖一石欤？是所望也。"

《新原人》也有序云："'为天地立心,为生民立命,为往圣继绝学,为万世开太平。'此哲学家所应自期许者也。况我国家民族,值贞元之会,当绝续之交,通天人之际,达古今之变。"在这样的情况下,哲学工作者"岂可不尽所欲言,以为我国家致太平,我亿兆安心立命之用乎？虽不能至,心向往之。非曰能之,愿学焉"。

全部"贞元六书"充满着抗战必胜的坚定信念,对祖国昌盛、民族复兴的热切期望。对祖国的热爱,是他回国的原因,也是他去留学的原因,也是他全部学术工作的根本动力。抗战胜利西南联大结束,冯先生写了西南联大纪念碑碑文,以纪念这一段历史。有文云:"并世列强,虽新而不古,希腊罗马,有古而无今。唯我国家,亘古亘今,亦新亦旧,斯所谓周虽旧邦,其命维新者也。"我们是数千年文明古国,到现在还是生机勃勃,有着新的使命。新使命就是现代化,要建设我们自己的现代化国家。旧邦新命,这是冯先生常说的一句话。杨振宁先生说,他第一次读到"旧邦新命"这四个字时,感到极大的震撼。他还对清华中文系的同学说,应该把纪念碑文背下来。冯先生把这个意思写了另一副对联:"阐旧邦以辅新命,极高明而道中庸。"这副对联悬于他书房的东墙,人谓"东铭",与张载的"西铭"并列。下联的意思是他追求人生的最高境界(极高明),但又不离乎人伦日用(道中庸),这种境界就是即世间而出世间;上联的意思是他要把我们古老文化的营养汲取出来,来建设我们的现代化国家。这就是他的"所以迹"。

一副堂联,一副对联,一共二十四个字,概括了他的一生。

这二十四个字包含的内容是那样丰富,充满了智慧的光辉,在流逝的时间里时明时暗,却从未断绝,也不会断绝。

二○○五年七月二十二日

漫记西南联大和冯友兰先生

　　和几个少年时的朋友在一起，总会说起昆明。总会想起那蓝得无比的天，那样澄澈，那样高远；想起那白得胜雪的木香花，从篱边走过，香气绕身，经久不散；更会想起彪炳青史的国立西南联合大学，北大、清华、南开三校联合，在抗战的艰苦环境中，弦歌不辍，培养了大批人才，成为教育史上的奇迹。

　　今年是卢沟桥事变、中华民族开始全面抗战七十周年，也是西南联大成立七十周年（包括其前身长沙临时大学）。八年全面抗战，中华民族经历了各种苦难，终于取得了最后的胜利，西南联大也是这段历史中极辉煌的一部分。

　　这些年来，对西南联大的研究已成为专门题目。记得似乎是在上世纪七十年代末或八十年代初，美国人易社强来访问我的父亲冯友兰先生，请他谈西南联大的情况。这是我接触到的第一个西南联大的研究者。他是外国人，为西南联大的奇迹所感，发愤研究,令人起敬。可是听说他多年辛苦的结果错误很多,张冠李戴,鹊巢鸠占,让亲历者看来未免可笑。历史实在是很难梳理清楚的,即使是亲历者也有各自的局限,受到各种遮蔽,有时会有偏见,所以很难还历史原貌。不过,每一个人都说出自己所见的那一点,也许会使历史的叙述更多面、更真实。

余生也晚,没有赶上入西南联大,而是一名联大附中的学生。只因是西南联大的子弟,也多少算是亲历了那一段生活。生活是困苦的,也是丰富的。虽然不到箪食瓢饮的地步,却也有家无隔宿之粮的时候。天天要跑警报,在生死界上徘徊,感受各种情绪的变化,可算得丰富。而在学校里,轰炸也好,贫困也好,教只管教,学只管学。那种艰难,那种奋发,刻骨铭心,永不能忘!

现在有人天真地提出重建一所西南联大,发扬她的精神。还是那几个少年时的朋友一起谈论,都认为那是完全不可能的。情况完全不一样了,环境也不一样了,人更不一样了。真的,连昆明的天也不像以前蓝得那样清澈了。现在昆明的年轻人,甚至不知道木香花。我们不再说话,各自感慨。

确实各方面都不一样了。那是在国难当头、民族危亡之际,一种生死存亡的紧迫感,让人不能懈怠。这是大环境。从在长沙开始直到抗战胜利,不断有学生投笔从戎。学校和民族命运是一体的。据联大校史载,先后毕业学生三千余人,从军旅者八百余人。奔赴抗日前线和留在学校学习,是一个事物的两个方面。冯友兰先生曾在他为学校撰写的一个布告中对同学们说:"不有居者,谁守社稷? 不有行者,谁捍牧圉?"不论是直接参加抗日还是留校学习,"全国人士皆努力以做其应有之事"。前者以生命作代价,后者怎能不以全身心的力量来学习? 学习的机会是多少生命换来的,学习的成绩是要对国家的未来负责的。所以联大师生无论遇到怎样的困难,从未对教和学有一点松懈。一九三八年,师生步行,从长沙经贵阳,跋涉千里,于四月二十六日到昆明,五月四日就开始上课。一九四二年以前,昆明常有空袭,跑警报是家常便饭,是每天必修之课。师生们躲警报跑到郊外,在乱坟堆中照常上课。据联大李希文校友(现任云南大学外语系教授)记忆,冯友兰先生曾站在炸弹坑里上课。并不是没有别的教室,而是炸弹坑激励着教与学。这种不屈不挠的精神,上昭日月。

西南联大的子弟从军旅者也不乏人,这也体现了父辈的爱国精神。梅贻琦先生的子女,梅祖彦从军任翻译官,梅祖彤参加国际救护队;冯友兰先生之子冯钟辽、熊庆来先生(当时任云南大学校长)之子熊秉明、李继侗先生之子李德宁都参军任翻译官。当时,梅祖彦、冯钟辽都在联大二年级,未被征调。他们是志愿者。西南联大纪念碑碑阴刻录了参军同学的名字,但因当时条件限制,未能完全收录。在这里,我愿向碑上有名或无名的所有参军的老学长们深致敬意!

我的母校联大附中属于联大师范学院,为六年一贯制,不分高中初中,有实验性质,计划要将中学六年缩短为五年,但终未实现。因为学校是新建的,没有校舍,教室是借用的,借不到教室,就在大树底下上课。记得地理课的"教室"便是在树下。同学们各带马扎(帆布小凳),黑板靠在树上。闫修文老师站在树下,用极浓重的山西口音讲课,带领我们周游世界。课后我们笑闹着模仿老师的口音:"伊拉 K(克)、K(克)拉 K(克)"。伊拉克现在是人所共知的了,但克拉克在什么地方,我却不记得。下雨时,几个人共用一柄红油纸伞,一面上课,一面听着雨点打在伞上,看着从伞边流下的串串雨珠。老师一手拿粉笔,一手擎伞,上课如常。有时雨大,一堂课下来,衣服湿了半边。大家不以为苦,或者说,是根本不考虑苦不苦,只是努力去做应该做的事。

管理学校,校方要和政府打交道,这可以说是一个中环境。在这个环境里,学校当局有多少自由以实行自己的规划,对办好学校来说是关键性的。一九四二年六月,陈立夫以教育部长的身份三度训令联大务必遵守教育部核定的应设课程、统一全国院校教材、统一考试等新规定。联大教务会议以致函联大常委会的方式,驳斥教育部的三度训令。此函由冯友兰先生执笔,全文如下:

敬启者,屡承示教育部二十八年十月十二日第 25038号,二十八年八月十二日高壹 3 字第 18892 号、二十九年五月四日高壹 1 字第 13471 号训令,敬悉部中对于大学应设课程及考核学生成绩方法均有详细规定,其各课程亦须呈部核示。部中重视高等教育,故指示不厌其详,但准此以往则大学将直等于教育部高等教育司中一科,同人不敏,窃有未喻。夫大学为最高学府,包罗万象,要当同归而殊途,一致而百虑,岂可刻板文章,勒令从同。世界各著名大学之课程表,未有千篇一律者;即同一课程,各大学所授之内容亦未有一成不变者。惟其如此,所以能推陈出新,而学术乃日臻进步也。如牛津、剑桥即在同一大学之中,其各学院之内容亦大不相同,彼岂不能令其整齐划一,知其不可亦不必也。今教部对于各大学束缚驰骤,有见于齐无见于畸,此同人所未喻者一也。教部为最高教育行政机关,大学为最高教育学术机关,教部可视大学研究教学之成绩,以为赏罚殿最。但如何研究教学,则宜予大学以回旋之自由。律以孙中山先生权、能分立之说,则教育部为有权者,大学为有能者,权、能分职,事乃以治。今教育部之设施,将使权能不分,责任不明,此同人所未喻者二也。教育部为政府机关,当局时有进退;大学百年树人,政策设施宜常不宜变。若大学内部甚至一课程之兴废亦须听命教部,则必将受部中当局进退之影响,朝令夕改,其何以策研究之进行,肃学生之视听,而坚其心志,此同人所未喻者三也。师严而后道尊,亦可谓道尊而后师严。今教授所授之课程,必经教部之指定,其课程之内容亦须经教部之核准,使教授在学生心目中为教育部之一科员不若。在

208

教授固已不能自展其才,在学生尤启轻视教授之念,于部中提倡导师制之意适为相反。此同人所未喻者四也。教部今日之员司多为昨日之教授,在学校则一筹不准其自展,在部中则忽然周智于万物,人非至圣,何能如此。此同人所未喻者五也。然全国公私立大学之程度不齐,教部训令或系专为比较落后之大学而发,欲为之树一标准,以便策其上进,别有苦心,亦可共谅,若果如此,可否由校呈请将本校作为第……号等训令之例外。盖本校承北大、清华、南开三校之旧,一切设施均有成规,行之多年,纵不敢谓为极有成绩,亦可谓为当无流弊,似不必轻易更张。若何之处,仍祈卓裁。此致常务委员会。

此函上呈后,西南联大没有遵照教育部的要求统一教材,仍是秉承学术自由兼容并包的原则治校。这说明斗争是有效的。

学术自由,民主治校,原是三校共同的理念。现在,三校联合,人才荟萃,更有利于实践。由此形成一个小环境。西南联大在管理学校方面,沿用教授治校的民主作风,除校长、训导长由教育部任命,各院院长都由选举产生。以梅贻琦常委为首,几年的时间,形成一个较稳定的、有能力的领导班子。这是联大获得卓越成绩的一大因素。他们都是各专业举足轻重的人物,又都是干练之才,品格令人敬服。另一个文件可以帮助我们增加了解。

一九四二年,昆明物价飞涨,当时的教育部提出要给西南联大担任行政职务的教授们特别办公费,这应该说是需要的,但是他们拒绝了。也有一封信,已由清华档案馆查出。信为文言繁体字,字迹已经模糊,经任继愈先生辨认,我们得到准确的信文。任先生认为此信明白晓畅,用典精当,显然为冯友兰先生手笔。全文如下:

敬启者:承转示教育部训令总字第45388号,附"非常时期国立大学主管人员及各部分主管人员支给特别办公费标准",奉悉一是。查常务委员总揽校务,对内对外交际频繁,接受公费亦属当然。为同人等则有未便接受者:盖同人等献身教育,原以研究学术启迪后进为天职,于教课之外肩负一部分行政责任,亦视为当然之义务,并不希冀任何权利。自北大、清华、南开独立时已各有此良好风气。五年以来,联合三校于一堂,仍秉此一贯之精神,未尝或异。此为未便接受特别办公费者一也。且际兹非常时期,从事教育者无不艰苦备尝,而以昆明一隅为尤甚。九儒十丐,薪水犹低于舆台,仰事俯畜,饔飧时虞其不给。徒以同尝甘苦,共体艰危,故虽啼饥号寒,尚不致因不均而滋怨。当局尊师重道应一视同仁,统筹维持。倘只瞻顾行政人员,恐失均平之谊,且令受之者无以对其同事。此未便接受特别办公费者二也。此两端敬请常务委员会见其悃愊,代向教育部辞谢,并将原信录附转呈为荷。专上常务委员会公鉴。

签名人:冯友兰　张奚若　罗常培　雷海宗　郑天挺

陈福田　李继侗　陈岱孙　吴有训　汤用彤

黄钰生　陈雪屏　孙云铸　陈序经　燕树棠

查良钊　王德荣　陶葆楷　饶毓泰　施嘉炀

李辑祥　章明涛　苏国桢　杨石先　许浈阳

　　签名者共二十五人。他们担任各院院长、系主任等行政职务,付出了巨大劳动,不肯领取分文补贴。"同人等献身教育,原以研究学术启迪后进为天职,于教课之外肩负一部分行政责任,亦视为当然之义务,并不希冀任何权利。"难得的是,这样想的不是一两个人,而是一群人。除这二十五位先生外,还有许多位教授,也同样具有这样光风霁月的精神。有这样高水平的知识群体,怎么能办不好一所学校!

　　今年,有人问我:七十年前,日本人打来了,你们为什么离开北平?这个问题真奇怪,我们怎么能不离开北平!留下来当顺民吗?那时不要说文化人,就是老百姓,也奔向大后方,要去为保卫国家尽一份力量。离开北平不是逃避,而是去尽自己的一份责任。当然,留在沦陷区的人也会有所作为。教师们肩负传递文化的重任,他们可以在轰炸声中上课,在炸弹坑里上课,在和政府的周旋中上课,他们能在沦陷区上课吗?能在沦陷区办出一所国立西南联合大学来吗?

　　冯友兰先生在西南联大期间,不仅担任教学,而且参加学校领导工作,从一九三八年起一直担任文学院院长。冯先生是西南联大的"得力之人",西南联大校友、旅美历史学者何秉棣在他的《读史阅世六十年》一书中这样说。老友闻立雕说,"得力之人"的说法很好,但还不能充分表现冯先生对西南联大的贡献。应该指出,冯先生为西南联大付出大量心血,是当时领导集团的中坚力量。云南师范大学雷希教授对西南联大校史研究多年,在《冯友兰先生在西南联大校务活动考略》一文中说:"从有案可查的历史记载来看,冯先生在西南联大是决策管理层的最重要成员之一,教学研究层的最显要教授之一,公共交往层的最重要人物之一。"这是符合实际情况的。

据《冯友兰年谱初编》载,除了上课,冯先生每天都开会,每周的常委会,院系的会,还有各种委员会。在繁重的工作之余,他著书立说,建立了自己的哲学体系。他的"贞元六书"与抗战同始终,第一本《新理学》写在南渡之际,末一本《新知言》成于北返途中。在六本书各自的序言中,表达了他对国家和民族深切宏大的爱和责任感。他引横渠四句"为天地立心,为生民立命,为往圣继绝学,为万世开太平",说"此为哲学家所自期许者也"。听说有一位逻辑学者教课时,讲到冯先生和这四句话,为之泣下。冯先生的哲学,不属于书斋和象牙之塔,他希望它有用。哲学不能直接致力于民生,而是作用于人的精神。在这方面,已经有了广泛的影响。社会科学工作者李天爵先生说,他在极端困惑中看到冯先生的书，知道人除了自己的社会地位，还应当考虑自己在宇宙中的地位。一个普通工人告诉我，他看了《中国哲学简史》，觉得心胸顿然开阔。最近在报上看见，韩国大国家党前党首、下届国家总统候选人朴槿惠在文章中说，在她人生最困难的时候，读了冯友兰的书，如同生命的灯塔，使她重新找回了内心的平静。

上世纪四十年代，一天在昆明文林街上走，遇到罗常培先生。他对我说："今晚你父亲有讲演，题目是《论风流》，你来听吗？"我那时的水平，还没有听学术报告的兴趣。后来知道，那晚的讲演是由罗先生主持的。很多年以后，我读了《论风流》，深为这篇文章所吸引。风流四要素：玄心、洞见、妙赏、深情，是"是真名士自风流"的极好阐释，让人更加了解名士风流的审美的自由人格。这篇文章后来收在《南渡集》中。《南渡集》顾名思义，所收的都是作者在抗战时写的论文，一九四六年已经编就，后来收在《三松堂全集》中。

最近，三联书店出版了"贞元六书"和《南渡集》的单行本。《南渡集》是第一次单独出版。它和"贞元六书"一样，凝聚着作者对国家民族的满腔热情。它们的写作距今已超过半个世纪，仍然可以感到，作者的哲学睿智和诗人情怀化成巨大的精神力量，扑面而来。

西南联大这所学校虽然已不复存在，但它的精神不会消失，总会在别的学校得到体现，在众多知识分子、文化人身上延续。

对此我深信不疑。冯友兰先生在他撰写的《国立西南联合大学纪念碑碑文》中为这一段历史做出了深刻而全面的总结,指出可纪念者有四。转述不如直接阅读,节录如下:

我国家以世界之古国,居东亚之天府,本应绍汉唐之遗烈,作并世之先进,将来建国完成,必于世界历史、居独特之地位。盖并世列强,虽新而不古;希腊罗马,有古而无今。唯我国家,亘古亘今,亦新亦旧,斯所谓周虽旧邦,其命维新者也。旷代之伟业,八年之抗战已开其规模,立其基础。今日之胜利,于我国家有旋乾转坤之功,而联合大学之使命,与抗战相终始。此其可纪念者一也。

文人相轻,自古而然,昔人所言,今有同慨。三校有不同之历史,各异之学风,八年之久,合作无间。同无妨异,异不害同;五色交辉,相得益彰;八音合奏,终和且平,此其可纪念者二也。

万物并育而不相害,道并行而不相悖,小德川流,大德敦化,此天地之所以为大。斯虽先民之恒言,实为民主之真谛。联合大学以其兼容并包之精神,转移社会一时之风气,内树学术自由之规模,外获民主堡垒之称号,违千夫之诺诺,作一士之谔谔,此其可纪念者三也。

稽之往史,我民族若不能立足于中原,偏安江表,称曰南渡。南渡之人,未有能北返者:晋人南渡,其例一也;宋人南

214

渡,其例二也;明人南渡,其例三也。风景不殊,晋人之深悲;还我河山,宋人之虚愿。吾人为第四次之南渡,乃能于不十年间,收恢复之全功,庾信不哀江南,杜甫喜收蓟北,此其可纪念者四也。

此文不仅内容丰富且极富文采,可以掷地作金石声。不止一个人建议,年轻人应该把它背下来。我想,记在心上的是这篇文章,也是对西南联大的永恒的纪念。

二〇〇七年六月至七月

为《西南联大建校七十周年纪念文集》而作

辑四

没有名字的墓碑

——关于济慈

上大学二年级英文课时,教师是英国人。他除文章外还随意讲一些诗,一次曾问我们喜欢哪一家。我立即回答:济慈。哪几首呢?《夜莺曲》和《希腊古瓮曲》。当时读书不多,感受却强烈,所以回答爽快。以后见识虽稍广,感觉却似乎麻木多了。常常迟疑,弄不清自己究竟怎么想,更不要说别人了。也许因为诗句本身的力量,也许因为读时年轻,后来的麻木并未侵吞以前的记忆,在杂乱的积累中,济慈的诗句有时会蓦地跳出,直愣愣地望着我。

一九八四年三月中旬,我们从英格兰西南部都彻斯特返回伦敦。进市区后,车子经过一些僻静的街道,停在一座房屋的小绿门前。英国朋友说,济慈在这里住过,《夜莺曲》就是在这里写的。我们没有提过要参观济慈故居,大概是贤主人知道我的故居癖罢,顺路便到这里——恰巧不是别人,而是济慈住过的地方。

这是一座小巧舒适的房屋。原属于济慈的好友、退休商人查理斯·布朗和布朗的朋友狄尔克。济慈六岁失怙,十一岁失恃。一八一八年他的二弟病逝后,他应邀在这里居住,前后约两年,供济慈使用的是一间卧室、一间起居室。起居室在楼下,有法国式落地窗可以坐看花园。那里现在有绿草地、郁金香和黄水仙。室内书橱中有他同时代人的作品。窗旁有莎士比亚肖像。莎翁是济慈最爱的诗人。无论走到哪里,他都带着莎翁的像和作品。展品中还有他手录的莎翁的诗。卧室的楼上,有带帐幔的床,帐顶弯起如船底,是照那时的样子仿制的。据说济慈病重时,讨厌这幔帐的花样,便总到布朗起居室的长沙发上休息。底层还有一间他自己用的小厨房,石壁石槽,阴冷潮湿,看去一点引不起家庭的温馨感觉。

济慈短促的一生实在没有尝过多少人间的温馨。他孤身一人,无依无靠。虽然有友谊的支持,但总还是寄居。经济拮据,又不断生病。贫病交加,那日子也许非亲自经历不能体会。他为了生计,在一八一九年底曾谋求外科医生职位,他以前学过医。布朗劝他继续写诗,并借钱给他维持生活。

一八一九年四月,布劳恩一家租住了这房子属于狄尔克的一部分。济慈和布劳恩家长女凡妮感情日笃。这一年的春和夏,大概是诗人最幸福的日子罢。五月一个清晨,他在这个花园里写出《夜莺曲》。那时这里还是个小村庄,这一带名为汉普斯德荒原,可以想见其自然景色。除夜莺一首外,《致赛琪》《忧愁》和他诗歌的顶峰《希腊古瓮曲》都是这时写出的。

　　飞呵飞呵我要飞向你

　　不驾酒神的车

　　而是凭借看不见的诗翼

　　在《夜莺曲》中，济慈凭借诗的翅膀，同夜莺的歌声一起高高飞翔，展开丰富的想象。他要飞离人世的痛苦和煎熬。他在温柔的夜色中感到许多美丽的花朵，在夜莺狂喜的歌声中，死亡也变得丰富甜美。然而歌声远去了，留下的只有孤独。

　　据记载，一八二〇年春，有人看见济慈坐在小村外，对着眼前的自然景色痛哭。哪一位诗人不爱家乡、祖国，不爱家乡的田野、树木、溪水、花朵，不爱亲人朋友，不用心全力拥抱生活？在自己不得不离开时，哭，恐怕也减轻不了他的痛苦吧。

　　老实说，去英国时，想到的都是小说家，还有一个莎士比亚。压根儿没有想起济慈。他的故居也不像勃朗特姊妹和哈代故居那样有当时的气氛。但去过后，车子驶过越来越繁华的街道，他的两句诗忽然闪出，直愣愣看着我：

　　美即是真，真即是美——这就是

　　你们在地上所知和须知的一切。

　　如何解释这两句诗，已经有连篇累牍的文章。我当时联想到他不幸的一生，只有一声叹息。

　　三月二十三日我们到诗会做客。诗会是诗歌爱好者自己组织的团体。我们的老诗人方敬把另一位老诗人卞之琳翻译的《英国诗选》送给他们一本。他们十分高兴,建议选一首来朗读。这首诗恰又是济慈的《希腊古瓮曲》。诗会的前任会长、一位退休的中学校长朗读英文原诗,由我念卞译中文诗。

> 听见的乐调固然美,无从听见的
>
> 却更美——

我听着老人轻微而充满感情的声音,心里知道他是怎样热爱诗,又怎样热爱济慈的诗。

> 呵,幸福的幸福的枝条! 永不会
>
> 掉叶,也永远都不会告别春天
>
> 幸福的乐师,永远也不会觉得累
>
> 永远吹着曲调,又永远新鲜

我念中文诗时,觉得卞先生的译文真是第一流的。我的"朗诵"虽未入流,但我相信如果济慈听见,一定高兴。

回想他的故居展品中,有一个石膏面像,说是他死后从他脸上做出来的,看着想着都很不舒服。据说经过解剖,发现他的肺已经一塌糊涂,医生很奇怪他居然用这样的肺活了那么长。他是顽强的人,不顽强是无法作诗的。

一八二〇年秋,济慈的病日益严重。医生说只有到意大利过冬才有救。英国天气阴冷,一百多年前没有很好的取暖设备,的确不利于有病之身。我这次到英国一行,才懂得为什么英国小说里有夏天生火取暖的描写。九月十三日,济慈离开伦敦。船经都赛时,他曾上岸,最后一次站在英国的土地上。回到甲板后,眼看英格兰在眼前慢慢消失,他把自己的一首诗《明亮的星》写在随身携带的莎士比亚诗集里,在《一个情人的抱怨》旁边。这手迹陈列在他故居中,字迹秀丽极了。

意大利的天气没有能救他。一八二一年二月二十三日,他终于告别人世,再也不能回到他爱的土地,想来那美丽的风光一直印刻在他心中吧。再也不能见到他爱的人,她戴着他赠予的石榴石戒指一直到死。

两天后他葬在罗马新教徒墓地。照他自己的安排,墓碑上没有名字,只有他自己选的一句话:

这里长眠的人

他的名字写在水里。

一九八四年四月下旬

223

写故事人的故事

——访勃朗特姊妹故居

在英格兰约克郡北部有一个小地方，叫作哈渥斯。一百多年前，谁也没有想到，它会举世闻名。有这么多人不远万里而来，只为了看看坐落在一个小坡顶的那座牧师宅，领略一下这一带旷野的气氛。

从利兹驱车往哈渥斯，沿途起初还是一般英国乡间景色，满眼透着嫩黄的绿。渐渐地，越走越觉得不一般。只见丘陵起伏，绿色渐深，终于变成一种黯淡的陈旧的绿色。那是一种低矮的植物，爬在地上好像难于伸直，几乎覆盖了整个旷野。举目远望，视线常被一座座丘陵隔断。越过丘陵，又是长满绿色榛莽的旷野。天空很低，让灰色的云坠着，似乎很重。早春的冷风不时洒下冻雨。这是典型的英国天气！

车子经过一处废墟，虽是断墙破壁，却还是干干净净，整理得很好。有人说这是《呼啸山庄》中画眉田庄的遗址，有人说是

《简·爱》中桑恩费尔德府火灾后的模样,这当然都不必考证。不管它的本来面目究竟如何,这样的废墟,倒是英国的特色之一,走到哪里都能看见,信手拈来便是一个。这一个冷冷地矗立在旷野上,给本来就是去寻访故居的我们,更添了思古之幽情。

到了哈渥斯镇上,在小河边下车,循一条石板路上坡,坡相当陡。路边不时有早春的小花,有一种总是直直地站着,好像插在地上。路旁有古色古香的小店和路灯。快到坡顶时,冷风中的雨忽然变成雪花,飘飘落下。一两个行人撑着伞穿过小街。从坡顶下望,觉得自己已经回到百年前的历史中去了。

转过坡顶的小店,很快便到了勃朗特姊妹故居——当时这一教区的牧师宅。

这座房子是石头造的,样子很平板,上下两层,共八间。一进门就看见勃朗特三姊妹的铜像。艾米丽在中间,右面是显得幼小的安妮,左面是仰面侧身的夏洛蒂。她们的兄弟布兰威尔有绘画才能,曾画过三姊妹像。据一位传记作者说,像中三人,神情各异。夏洛蒂孤独,艾米丽坚强,安妮温柔。这画现存国家肖像馆,我没有看到过。铜像三人是一样沉静——大概在思索自己要写的故事,眼睛不看来访者。其实她们该看一看的,在她们与世隔绝的一生里,一辈子见的人怕还没有现在一个月多。

三姊妹的父亲帕特里克·勃朗特年轻时全靠自学,进入剑桥大学圣约翰学院,毕业后曾任副牧师、牧师,后到哈渥斯任教区长。他在这里住到他的亲人全都辞世,自己在八十四岁时离开人间。他结婚九年,妻子去世,留下六个孩子,四个长大成人。他们是夏洛蒂、布兰威尔、艾米丽和安妮。会画画的布兰威尔是唯一的儿子,善于言辞,镇上有人请客,常请他陪着说话。只是经常酗酒,后来还抽上鸦片,三十一岁时去世。

在原来孩子们的房间里,陈列着他们小时的"创作"。连火柴盒大小的本子上也密密麻麻写满了字,墙上也留有"手迹"——据说那时纸很贵。他们从小就在编故事,两个大的编一个安格利亚人的故事,两个小的编一个冈达尔人的故事。艾米丽在《呼啸山庄》之前写的东西几乎都与冈达尔这想象中的国家有关。可惜"手迹"字太小,简直认不出来写的什么。

帕特里克曾对当时的英国女作家、第一部《夏洛蒂·勃朗特传》的作者盖茨凯尔夫人说:孩子们能读和写时,就显示出创造的才能。她们常自编自演一些小戏。戏中常是夏洛蒂心目中的英雄威灵顿公爵最后征服一切。有时为了这位公爵和波拿巴、汉尼拔、恺撒究竟谁的功绩大,也会争论得不可开交,他就得出来仲裁。帕特里克曾问过孩子们几个问题,她们的回答给他印象很深。他问最小的安妮,她最想要什么。答:"年龄和经验。"问艾米丽该怎样对待她的哥哥布兰威尔。答:"和他讲道理,要是不听,就用鞭子抽。"又问夏洛蒂最喜欢什么书。答:"《圣经》。"其次呢?"大自然的书。"

我想大自然的书也是艾米丽喜爱的,也许是最爱的,位于《圣经》之前。几十年来,我一直不喜欢《呼啸山庄》这本书,以为它感情太强烈,结构较松散。经过几十年人事沧桑,又亲眼见到哈渥斯的自然景色后,回来又读一遍,似乎看出一点它的深厚的悲剧力量。那灰色的云,那暗绿色的田野,她们从小到大就在其间漫游。作者把从周围环境中得到的色彩和故事巧妙地调在一起,极浓重又极匀净,很有些哈代的威塞克斯故事的味道。这也许是英国小说的一个特色。这种特色在《简·爱》中也有,不过稍淡些。现在看来,《呼啸山庄》的结构在当时也不同一般。它不是从头至尾叙述,而是从叙述人看到各个人物的动态,逐渐交代出他们之间的关系。过去和现在穿插着,成为分开的一段段,又合成一个整体。

一八三五年,夏洛蒂在伍列女士办的女子学校任教员,艾米丽随去学习。但艾米丽因为想家,不久便离开,由安妮来接替。艾米丽二十岁时到哈利费克斯任家庭教师,半年后又回家。艾米丽离家最长的时间是和夏洛蒂一起到布鲁塞尔学习的九个月。她习惯家里隐居式的无拘束的生活,爱在旷野上徘徊,让想象在脑子里生长成熟。她和旷野是一体的,离开家乡使她受不了,甚至生病。但她不是游手好闲的人,她协助女仆料理一家人的饮食。据说她擅长烤面包,烤得又松又软。她常常一面做饭一面看书,《呼啸山庄》总有一部分是在厨房里写的罢。夏洛蒂说她比男子坚强,比孩子单纯;对别人满怀同情,对自己毫不怜惜。她在肺病晚期时还坚持操作自己担当的一份家务。

夏洛蒂最初发现艾米丽写诗,艾米丽很不高兴。她是内向的,本来就是诗人气质。她一八四六年写成《呼啸山庄》,次年出版,距今已一百多年了,读者还是可以感到这本书中喷射出来的滚沸的热情。她像一座火山,也许不太大。

从她给出版人的信中,我们知道她于一八四八年春在写第二本书,但是没有片纸只字的手稿遗留下来。一位传记作者说,也许她自己毁了,也许夏洛蒂没有保藏好,也许现在还在她们家的哪一个橱柜里。

一八四八年九月布兰威尔去世时,艾米丽已经病了,她拒绝就医服药,于十二月十九日逝世。可是勃朗特家的灾难还没有到头,次年五月,安妮又去世。安妮也写过诗,和两个姐姐合出了一本诗集,写过两本小说《艾格尼丝·格雷》和《野岗庄园房客》,俱未流传。她于一八四九年五月二十四日往斯卡勃洛孚疗养,夏洛蒂陪着她。二十八日病逝,就近殡葬。

牧师宅中只有夏洛蒂和老父相依为命了。

陈列展品中有夏洛蒂的衣服和鞋,都很纤小,可以想见她小姑娘般的身材。她们三人写的书,曾被误认为是出于同一个作者,出版人请她们证实自己的身份。夏洛蒂和安妮不得已去了伦敦。见到出版人拿出邀请信来时,那位先生问她们从哪儿得来的这信,完全没有想到这两个小女人就是作者。

三人中只有夏洛蒂生前得到作家之名。她活得比弟妹们长,也没有超过四十岁。她在布鲁塞尔黑格学校住过一年多,先学习,后任教。这时她对黑格先生发生了爱情。她爱得深,也爱得苦,这是毫无回报的爱。这也是夏洛蒂一生中唯一一次的充满激情的爱,结果是四封给黑格的信,在他的家里保存下来。夏于一八五四年六月和尼科尔斯副牧师结婚。她看重尼科尔斯的爱,对他也感情日深。勃朗特牧师宅中有一个房间原是女仆住的,后改为尼科尔斯的房间。

夏洛蒂于一八五五年三月,和她的五个姊妹一样,死于肺病。

楼上较大的一间房原是勃朗特先生用的,现在陈列着三姊妹著作的各种文字译本,主要是《简·爱》和《呼啸山庄》。但是没有中文本。这缺陷很容易弥补。要知道我们中国人读这两本书非今日始,上一代已经在读在译了。我们立刻允诺送几部中译本来陈列。

从窗中望去,可见近处教堂尖顶,据说墓地也不远。勃朗特全家除安妮以外都葬在那里。因为时间关系,我们不能去凭吊了。离开牧师宅时看见有人在三姊妹像旁拿了一张纸,我也去拿了一张,原来是捐款用的。这里的一切费用都是三姊妹的忠诚读者捐赠的。人生得一知己足矣,有这样多的人爱她们,关心她们的博物馆,真让人高兴——当然不只是为她们。

我们又回到旷野上。风还在吹,雨还在飘。满地深绿色看不出一点摇动,仿佛天在动,而地却停着。车子驶过一座又一座丘陵,路一直伸向天边。这不是简·爱万分痛苦地离开桑恩费尔德的路么?这不是凯瑟琳·恩萧和希斯克利夫生前和死后漫游的荒野么?他们的游魂是否还在这里飘荡?勃朗特姊妹在这里永远与她们的人物为伴了。

　　听说这一带还有勃朗特瀑布、勃朗特桥,一块大石头是勃朗特的座位,连这个县都以勃朗特命名了。人们说夏洛蒂是写云能手,而艾米丽笔下的风雪,也使人不忘。或许还该有勃朗特云和勃朗特风雪罢。

　　　　　　　　　　　　　一九八四年五月上旬

看不见的光

——弥尔顿故居及其他

这座小屋是约翰·弥尔顿一六○八年到一六七四年间住过的,至少有三百余年历史了。据说有一部分重修过,还时常修葺,所以不很破旧。但那砖砌的烟囱和窄窗都表现出它的古老。低矮的门,狭窄的门道,不大的房间,这就是二十年奔走革命以后弥尔顿老人活动的场所。进门左手一间是从前的厨房,壁炉里吊着旧式的锅、壶等,吊杆上有很多锯齿,可以移动容器,掌握离火的远近,还有个像大钟似的烤炉,很有田舍风味。右边一间是从前的起居室,现在陈列着弥尔顿的著作。据说老人每天清晨即起,在室内踱步,一面构思,等女儿起身后,便将腹稿口授给女儿笔录。

他四十四岁双目失明,在黑暗中过了二十年。他的伟大诗篇《失乐园》《复乐园》和《力士参孙》都是在这一时期写成的。它们给人怎样灿烂的光辉!有的评论家说,人们常用崇高这一字眼,但真正当得起的,只有很少数的艺术品,弥尔顿的史诗是其中之一。

作为一个诗人,弥尔顿有两个特点,一是有生活,一是有学问。他用一生三分之一的时间参加政治斗争,为国为民也为他的教会,积极反对君主专制。他主张人人生而平等,最先大声疾呼支持处决查理一世。他担任克伦威尔共和国政府的拉丁文秘书,为共和国政府做了很多宣传方面的工作。他在《为英国人民声辩》里说:"基督教徒不应有任何国王,既已有一个,他应是国民的公仆。"他在《失乐园》里歌颂了撒旦反对上帝的斗争,也对后来成为独裁者的克伦威尔有所批评。我想这是他能写出称得上伟大、崇高作品的一个重要原因。

弥尔顿的政治生活使他取得直接的经验,他的博览群书使他取得间接的经验。《失乐园》里有这样三行诗:

> 途中,它(指撒旦)降落在塞利卡那,
>
> 那是一片荒原,那里的中国人
>
> 推着轻便的竹车,靠帆和风力前进。

杨周翰先生从这三句诗出发,写了一篇文章《弥尔顿〈失乐园〉中的加帆车》,文中论及知识与创作的关系,说弥尔顿的学识使他的作品获得"高致"。"高致"是看不见的,也不是立竿见影能得到的。只能在读万卷书、行万里路中渐渐地"高"起来。"读万卷书,行万里路"这八个字不知出自何典,它形象地说出生活和学识对于创作的必要性。

小屋外是普通小花园,整洁宜人。这一切都由一个"房客"照管。这是英国管理故居的办法之一。由一家居住,也由这一家负责维护、接待参观。楼上原为弥尔顿卧室,现因这家主妇生产,参观者不准上楼。

我在小园中少立,觉得屋内外都给人寥落凄清之感。比较起来,弥尔顿的知音比勃朗特姐妹少得多了。也许最好的艺术总是曲高和寡?也许他太古老了?也许诗歌本身总是更受语言限制,不易翻译,不易理解?老实说,我就只读过《失乐园》的片段,还不是很认真,更不要说他的其他诗作。但是他的革命精神,他的政治活动,他的学识都融会在他的诗里,发出看不见的光。他在英国文学史上的地位是不朽的。

这次带我出游的主人是三十多年前我在南开大学读书时的老师——刘荣恩贤伉俪。三十多年前他们离开南开后便在英国居住,对英国文化很了解,了解又加上热心,所以弥尔顿故居并非最后一站。再向西行,到一个十六世纪古镇爱默先姆。这是一条很有趣的街,仿佛是故意搭起来拍电影用的,两旁房屋有的不免东倒西歪,但因维修仔细,不显风雨侵蚀的痕迹,好像一张保养得很好的老人的脸。那大车店的窗户依旧古式样,黑框白底涂抹分明。门很宽,敞开着,似乎随时会有驿车进来。它使我想起我们涿鹿县的大车店,那门也是这样的,二十五年前我还坐在马车上

233

出入过。这里房屋不高,小门临街,以前都是黎民百姓的住所,现在据说租金越来越贵。街中有一座两层的石建筑,有柱无墙,是当时的粮食市场。主人引我进了旁边一个黑洞洞的门,里面弯弯曲曲有店铺,我们到一个香草店,店里全是各样加工过的香花香草,幽香沁人。据说现在又时兴用香草了,想是香水不够古雅罢。店主人是胖胖的妇女,知道我从中国来,立刻说她的叔叔到过中国,还上过万里长城呢。这样的寒暄我遇到多次了,很抱歉,我总怀疑他们当时是打仗去的。不过现在的笑容很是诚恳热情,不该勾起往事。最主要的是,我们自己已经不是一盘散沙,不可轻侮了。我们这东方的巨龙正奋力摆脱贫穷和愚昧的泥潭。因为坐在巨龙背上,世界对于我,才是一个自由的地方。

我们带着满身幽香到一个小饭馆吃饭。店门外有一株杨柳,就凭这一株柳树,店名就叫"杨柳"。店很小,但一进门便看见壁炉里烧得正旺的火,满屋暖洋洋的。那生菜真好。现在回想,店主人该把苔丝德蒙娜的"杨柳歌"贴在墙上作为装饰的。

英国有这个特点,到哪儿总能找出点古迹。他们深以悠久深厚的文化传统自豪,不遗余力地保护称得上是古迹的一切。从前有人说,英国人善于用旧瓶装新酒,中国人善于用新瓶装旧酒。他们的"新",想是指资产阶级革命而言,现在也不见得新。我们的旧,想是指封建主义而言,也总该换掉了。人不能把自己束缚在过去。过去应该像弥尔顿的生活底子和学识一样,要在这上面写出伟大的史诗来,发出看不见的光。

归途中又下雨了,绿色的田野在薄暮的朦胧里,随着山坡起伏。弥尔顿故居的小村在田野间,很快就看不见了。

一九八四年五月

他的心在荒原

——关于托马斯·哈代

在英格兰西南部都彻斯特博物馆中，有一个小房间，参观者只能从窗口往里看。我们因为是中国作家代表团，破例获准入内。

这是托马斯·哈代的书房，是照他在麦克斯门家中的书房复制的。据说一切摆设都尽量照原样。四壁图书，一张书桌，数张圈椅。圈椅上搭着他的大衣，靠着他的手杖。哈代的像挂在墙上，默默地俯视着自己的书房和不断的来访者。

他在这样一间房间里，就在这张桌上，写出许多小说、诗和一部诗剧，桌上摆着一些文具还有一个小日历。日历上是三月七日。据说这是哈代第一次见到他夫人的日子，夫人去世以后，哈代把日历又掀到这一天，让这一天永远留着。馆长拿起三支象牙管蘸水笔，说哈代就是用它们写出《林中人》《德伯家的苔丝》和《无名的裘德》的。

书架上有他的手稿,有作品,还有很多札记,记下各种材料,厚厚的一册册,装订得很好。据说这一博物馆收藏哈代手稿最为丰富。馆长打开一本,是《卡斯特桥市长》,整齐的小字,涂改不多。我忽然想现在有了打字机,以后的博物馆不必再有收藏原稿的业务,人们也没有看手稿的乐趣了。这手稿中夹有一封信,是哈代写给当时博物馆负责人的。大意说:谢谢你要我的手稿,特送上,只是不一定值得保存。何不收藏威廉·巴恩斯的手稿! 那是值得的! 这最后的惊叹号给我印象很深。时间过了快一百年,证明了哈代自己的作品是值得的! 值得读,值得研究,值得在博物馆特辟一间——也许这还不够,值得我们远涉重洋,来看一看他笔下的威塞克斯、艾登荒原和卡斯特桥。

威廉·巴恩斯是都彻斯特人,是这一带的乡土诗人。街上有他的立像。哈代很看重他,一九○八年为他编辑出版了一本诗集。哈代自己在某种程度上也可以说是乡土作家。可是他和巴恩斯很不同。巴恩斯"从时代和世界中撤退出来,把自己包裹在不实际的泡沫中",而哈代的意识"是永远向着时代和世界开放的"(乔治·伍德科克:企鹅丛书《还乡》序)。一九一二年哈代自己在"威塞克斯小说"总序中说:"虽然小说中大部分人所处的环境限于泰晤士之北、英吉利海峡之南,从黑令岛到温莎森林是东边的极限,西边则是考尼海岸,我却是想把他们写成典型的,并且在本质上属于任何地方,在那里'思想是生活的奴隶,生活是时间的弄人'。这些人物的心智中,明显的地方性应该是真正的世界性。"哈代把他的具有浓厚地方色彩的十四部长篇小说、四部短篇小说集总称为威塞克斯小说,但是这些小说反映的是社会,是人生,远远不只是反映那一地区的生活。小说总有个环境,环境总是局限的,而真正的好作品,总是超出那环境,感动全世界。

哈代的四大悲剧小说——《还乡》《德伯家的苔丝》《卡斯特桥市长》和《无名的裘德》,就是这样的小说。我在四十年代初读《还乡》时,深为艾登荒原所吸引。后来知道,对自然环境的运用是哈代小说的一大特色,《还乡》便是这一特色的代表作。哈代笔下的荒原是有生命的,它有表情,会嚷会叫,还操纵人物的活动。它是背景,也是角色,而且是贯穿在每个角色中的角色。英国文学鸟瞰一类的选本常选《还乡》开篇的一段描写:

> 天上悬的既是这样灰白的帐幕,地上铺的又是那种最苍郁的灌莽,所以天边上天地交接的线道,划分得清清楚楚……荒原的表面,仅仅由于颜色这一端,就给暮夜增加了半点钟。它能在同样的情形下,使曙色迟延,使正午惨淡;狂风暴雨,几乎还没踪影,它就预先现出风暴的阴沉面目了;三更半夜,没有月亮,它更加深那种咫尺难辨的昏暗,到了使人发抖、害怕的程度。

今天看到道塞郡的旷野,已经很少那时一片苍茫、万古如斯的感觉了。英国朋友带我们驱车往荒原上,地下的植物显然不像书中描写的那样郁郁苍苍,和天空也就没有那样触目的对比。想不出哪一个小山头上是游苔莎站过的地方。远望一片绿色,开阔而平淡。哈代在一八九五年写的《还乡》小序中说,他写的是一八四〇年到一八五〇年间的荒原,他写序时荒原已经或耕种或植林,不大像了。我们在一九八四年去,当然变化更大。印象中的荒原气氛浓烈如酒,这酒是愈来愈多地掺了水了。也许因为原来那描写太成功,便总觉得不像。不过我并不遗憾。我们还获准到一个不向外国人开放的高地,一览荒原景色。天上地下只觉得灰蒙蒙的,像里面衬着黯淡,黯淡中又透着宏伟,还显得出这不是个轻松的地方。我毕竟看到有哈代的心在跳动着的艾登荒原了。

我们还到哈代出生地参观。经过一片高大的树林,到一座茅屋。这种英国茅屋很好看,总让人想起童话来。有一位英国女士的博士论文是北京四合院,也该有人研究这种英国茅屋。里面可是很不舒适,屋顶低矮,相当潮湿。这房屋和弥尔顿故居一样,有房客居住,同时负责管理。从出生地又去小村的教堂和墓地——斯丁斯福墓地。哈代的父母和妻子都葬在这里。

葬在这里的还有哈代自己的心。

墓地很小,不像有些墓地那样拥挤。在一棵大树下,三个石棺一样的坟墓并排,中间一个写着"哈代的心葬此"。这也是他第一个妻子的坟墓。

据说哈代生前曾有遗嘱,死后要葬在家乡,但人们认为他应享有葬在西敏寺的荣耀。于是,经过商议,决定把他的心留在荒原。可是他的心有着很不寻常的可怕的遭遇。如果哈代自己知道,可能要为自己的心写出一篇悲愤的、也许是嘲讽的名作来。

没有人能说这究竟是不是真的,但是英国朋友说这是真的——我倒希望不是真的。哈代的遗体运走后,心脏留下来由一个农夫看守,他把它放在窗台上,准备次日下葬。次日一看,心不见了,旁边坐着一只吃得饱饱的猫。

他们只好连猫葬了。所以在哈代棺中,有他的心、他的夫人,还有一只猫!我本来是喜欢猫的,听了这个故事以后,很久都不愿看见猫。但是哪怕是通过猫的皮囊,哈代的心是留在荒原上了,和荒原的泥土在一起,散发着荒原的芬芳,滋养着荒原的一切。

关于哈代作品的讨论已是汗牛充栋。尤其是其中悲观主义和宿命论的问题。他的人物受命运小儿拨弄,无论怎样挣扎,也逃不出悲剧的结局。好像曼斯菲尔德晚期作品《苍蝇》中那只苍蝇,一两滴墨水浇下来,就无论怎样扑动翅膀再也飞不出墨水的深潭。哈代笔下的命运有偶然性因素,那似乎是无法抗拒、冥冥中注定的,但人物的主要挫折很明显是来自社会。作者在《德伯家的苔丝》中有一段议论,说:"将来人类文明进化到至高无上的那一天,那人类的直觉自然要比现在更敏锐了,社会机构自然要比掀腾颠簸我们的这一种更密切地互相关联着的了。"他也希望有一个少些痛苦的社会。苔丝这美丽纯洁的姑娘迫于生活和环境，一步步做着本不愿意做而又不得不做的事，一次次错过自己的爱情，最后被迫杀人。这样的悲剧不只是控诉不合理的社会，在哈代笔下，还表现了复杂的性格，因为你高尚纯真，所以堕入泥潭。哈代把这一类小说名为"性格和环境小说"。在性格与环境冲突中(不只有善与恶的冲突，也包括善与善的冲突)，人物一步步走向死亡。这正是黑格尔老人揭示的悲剧内容。

我们经过麦克斯门故居，因为不开放，只在院墙外看见里面一栋不小的房屋，那是哈代从一八八三年起自己照料修建的——他出身于建筑师家庭，自己也学过建筑。他于一八八五年迁入，直到逝世。据说现有人住，真不知何人胆敢占据哈代故居！

这次参观的最后一站是有名的悬日坛，这是一望无际的旷野上的大石群。据说是史前两千八百年左右祭祀太阳的庙。一块块约重五十吨的大石，有的竖立，有的斜放，有的平架在别的大石上，像是这里曾有一个宏伟的巨人，现在只剩了骨架。冷风从没遮拦的旷野上四面刮来，在耳边呼呼响，好像不管历史怎样前进，这骨架还在向过去呼唤。

我站在悬日坛边，许久才悟过来这就是苔丝被捕的地方。她在后门中睡着了，安玑要求来人等一下，他们等了。苔丝自己醒了，安静地说："我停当了，走吧！"这些经历了数千年风雨的大石当然知道，在充满原始粗犷气息的旷野上，像苔丝这样下场的人，不止一个。

我的大学毕业论文是以哈代为题的,那是三十五年前的事了。那时我以为哈代的作品并非完全是悲观的,它有希望。举的例子是《苔丝》这书中最后安玑和苔丝的妹妹结合,这表示苔丝的生命的延续,她自己无法达到、无法获得的,她的妹妹可以达到、获得。最近听说很多本科生研究生都以哈代为题做论文,以至关于哈代的参考书全部借完。其中有我的一位青年朋友。他深爱哈代,论文题目是《苔丝》。他以为安玑和丽沙·露的结合是安玑对苔丝的背叛,表明人性不可靠。有些评论也持此观点。我则还是坚持原来看法。哈代自己在《晚期和早期抒情诗集》序中很明确地说过:"我独自怀抱着希望。虽然叔本华、哈特曼及其他哲学家,包括我所尊敬的爱因斯坦在内,都对希望抱着轻蔑态度。"他还在日记中说:"让每个人以自己的亲身生活经验为基础创造自己的哲学吧。"哈代自己创造的是有希望的哲学。他在作品中对资本主义社会的批判是无情的,但他给人留下的是生活中的希望。

关于悲观、乐观的问题,哈代还说他所写的是他的印象,没有什么信条和论点。他说:这些印象被指控为悲观的——这似乎是个恶谥——很为荒谬。"很明显,有一个更高级的哲学特点,比悲观主义,比社会向善论甚至比批评家们所持的乐观主义更高,那就是真实。"

能仔细地看清真实需要勇气和本事,看清了还要写出来,需要更大的勇气和本事。哈代因写小说被人攻击得体无完肤,《无名的裘德》还被焚毁示众。有人说他因此晚年改行写诗,也有人说改行是因家庭原因。我以为他一直想写诗,在写小说时,常有诗句在他心中盘旋,想落到他笔下,他便也分给诗一些时间。他也可能以为诗的形式更隐蔽,能说出他要说的话。事实上,他从年轻时就一直断断续续在写诗。

回伦敦后,从访古改为访今了。我却还时常想起都彻斯特小城,星期天商店全关门,非常安静,旅馆外不远处斜坡下的那一幅画面:一座英国茅舍,旁边小桥流水,还有一轮淡黄色的圆月,从树梢照下来。我曾想哈代的铜像应该搬到这里。他在大街上坐着,虽然小城中人不太多,也够吵闹的了。后来得知这茅舍有个名称,是"刽子手宅"。便想幸好哈代生在近代,生前便能知道得葬西敏寺(其实诗人角拥挤不堪,不如斯丁斯福墓地多矣),若在中古,难免会和刽子手打交道。

"如果为了真理而开罪于人,那么宁可开罪于人,也强似埋没真理。"这是哈代在《苔丝》第一版导言中引的圣捷露姆的话。看来即使他有着和刽子手打交道的前途,也还是不会放下他那如椽的大笔的。

哈代出生地展有世界各国译本,但是没有来自中华人民共和国的中文译本,回来后托人带去一本《远离尘嚣》。这篇小文将成

243

时,收到都彻斯特博物馆馆长彼尔斯先生来信,他要我转告我的同行,他们永远盼着有欢迎中国客人的机会。

应该坦白的是,在博物馆中,我把哈代的手杖碰落了两次。也许是不慎,也许是太慎。英国朋友说哈代当然不会在乎。不过我还是要向他和全世界热爱他的读者道歉。

一九八四年五月下旬

辑五

恨书

写下这个题目，自己觉得有几分吓人。书之可宝可爱，尽人皆知，何以会惹得我恨？有时甚至是恨恨不已，恨声不绝，恨不得把它们都扔出去，剩下一间空荡荡的屋子。

显而易见，最先的问题是地盘问题。老父今年九十岁了，少说也积了七十年书。虽然屡经各种洗礼，所藏还是可观。原先集中摆放，一排一排，很有个小图书馆的模样。后来人口扩张，下一代不愿住不见阳光的小黑屋，见"图书馆"阳光明媚，便对书有些怀恨。"书都把人挤得没地方了。"这意见母亲在世时便有。听说有位老学者一直让书住正房，我这一代人可没有那修养了，以为人为万物之灵，书也是人写的，人比书更应该得到阳光空气和推窗得见的好景致。

后来便把书化整为零，分在各个房间。于是我的斗室也摊上几架旧书，《列子》《抱朴子》《亢仓子》《淮南子》《燕丹子》……它们遥远又遥远,神秘又无用。还有《皇清经解》,想起来便觉得腐气冲天。而我的文稿札记只好塞在这些书缝中,可怜地露出一点纸边,几乎要遗失在悠久的历史的茫然里。

其次惹得人恨的是书柜。它们的年龄都已有半个世纪,有的古色古香,上面的大篆字至今没有确解。对这我倒并无恶感。糟糕的是许多书柜没有拉手,当初可能没有这种"设备"(照说也不至于),以至很难开关,关时要对准榫头,关上后便再也开不开,每次都得起用改锥(那也得找半天)。可是有的柜门却太松,低头屈身,找下面柜中书时,上面的柜门会忽然掉下,啪的一声砸在头上,直把人打得发昏。这岂非关系人命的大事,怎不令人怀恨!有时晚饭后全家围坐笑语融融之际,或夜深梦酣之时,忽然一声巨响,使人心惊胆战,以为是地震或某种爆炸,惊走或披衣起来查看,原来是柜门掉了下来!

其实这些都不是解决不了的问题,只因我理家包括理书无方,才因循至此。可是因为书,我常觉惶惶然。这种惶惶然的感觉细想时可分为二,一是常感负疚,一是常觉遗憾。这确是无法解决的。

邓拓同志有句云:"闭户遍读家藏书。"谓是人生一乐。在家藏旧书中遇见一本想读的书,真令人又惊又喜。但看来我今生是不能有遍读之乐了,不要说读,连理也做不到。一因没有时间,忙里偷闲时也有比书更重要的人和事需要照管料理。二是没有精力,有时需要放下最重要的事坐着喘气儿。三是因有过敏疾病,不能接触久置积尘的书。于是大家推选外子为图书馆馆长。这些年我们在这座房子里搬来搬去,可怜他负书行的路大约也在百里以上了。在每次搬动之余,也处理一些没有保存价值的东西。一次我从外面回来,见我们的图书馆长正在门前处理旧书。我稍一拨弄,竟发现两本《丛书集成》中的花卉书。要知道丛书集成是四千多本一套的啊!但是我在怒火上升又下降之后,觉得他也太辛苦,哪能一本本都仔细看过?又怀疑是否扔去了珍贵的书,又责怪自己无能,没有担负起应尽的责任。如此怨天尤人,到后来觉得罪魁祸首都是书!

书还使我常觉遗憾。在我们磕头碰脑满眼旧书的居所中,常常发现有想读的或特别珍爱的书不见了。我曾遇一本英文的《杨子》,翻了一两页,竟很有诗意。想看,搁在一边,找不到了。又曾遇一本陆志韦关于唐诗的五篇英文演讲,想看,搁在一边,也找不到了。后来大图书馆中贴出这一书目,当然也不会特意去借。最令人痛惜的是《四库全书》中萧云从《离骚全图》的影印本,很大的本子,极讲究的锦面,醒目的大字,想细细把玩,可是,又找不到了!也许只在此山中,云深不知处?据图书馆长说已遍寻无着——总以为若是我自己找,可能会出现。但是总未能找,书也并未出现。

好遗憾啊!于是我想,还不如根本没有这些书,也不用负疚,也没有遗憾。

　　那该多么轻松。对无能如我者来说,这可能是上策。但我毕竟精神正常,不能真把书全请出门,只好仍时时恨恨,凑合着过日子。

　　是曰恨书。

一九八五年十月十九日

卖书

几年前写过一篇短文《恨书》，恨了若干年，结果是卖掉。

这话说说容易，真到要做也颇费周折。

卖书的主要目的是扩大空间。因为侍奉老父，多年随居燕园，房子总算不小，但大部为书所占。四壁图书固然可爱，到了四壁容不下，横七竖八向房中伸出，书墙层叠，挡住去路时，则不免闷气。而且新书源源不绝，往往信手一塞，混入历史之中，再难寻觅。有一天忽然悟出，要有搁新书的地方，先得处理旧书。

其实处理零散的旧书，早在不断进行。现在的目标是成套的大书。以为若卖了，既可腾出地盘，又可贴补家用，何乐而不为。依外子仲的意见，要请出的首先是《丛书集成》。而我认为这部书包罗万象，很有用，且因他曾险些错卖了几本，受我责备，不免有衔恨的嫌疑，不能卖。又讨论了百衲本的《二十四史》，因为放那书柜之处正好放饭桌。但这书恰是父亲心爱之物，虽然他现在视

251

力极弱,不能再读,却愿留着。我们笑说这书有大后台,更不能卖。仲屡次败北后,目光转向《全唐文》。《全唐文》有一千卷,占据了全家最大书柜的最上一层。若要取阅,须得搬椅子,上椅子,开柜门,翻动叠压着的卷册,好不费事。作为唯一读者的仲屡次呼吁卖掉它,说是北大图书馆对许多书实行开架,查阅方便多了。又不知交何运道,经过"文革"洗礼,这书无损污,无缺册,心中暗自盘算一定卖得好价钱,够贴补几个月。经过讨论协商,顺利取得一致意见。书店很快来人估看,出价一千元。

这部书究竟价值几何,实在心中无数,可一千元也太少了!因向北京图书馆馆长请教。过几天馆长先生打电话来说,《全唐文》已有新版,这种线装书查阅不便,经过调查,价钱也就是这样了。

书店来取书的这天,一千卷《全唐文》堆放在客厅地上等待捆扎,这时我才拿起一本翻阅,只见纸色洁白,字大悦目。随手翻到一篇讲音乐的文章:"烈与悲者角之声,欢与壮者鼓之声;烈与悲似火,欢与壮似勇。"作者李磎。心想这形容很好,只是久不见悲壮的艺术了。又想知道这书的由来,特地找出第一卷,读到嘉庆皇帝的序文:"天地大文日月山川万古昭著者也。人受天地之中以生,经世载道,立言牖民。观乎人文以化成天下。文之时义大矣哉!"又知嘉庆十二年,皇帝得内府旧藏唐文善本一百六十册,认为体例未协,选择不精,命儒臣重加厘定,于十九年编成。古代开国皇帝大都从马上得天下,以后知道不能从马上治之,都要演习斯文,不敢轻渎知识的作用,似比某些现代人还多几分见识。我极厌烦近来流行的宫廷热,这时却对皇帝生出几分敬意,虽然他还说不出科学技术是生产力这样的话。

书店的人见我把玩不舍,安慰道,这价钱也就差不多。以前官宦人家讲究排场,都得有几部老书装门面,价钱自然上去。现在不讲这门面了,过几年说不定只能当废纸卖了。

为了避免一部大书变为废纸,遂请他们立刻拿走。还附带消灭了两套最惹人厌的《皇清经解》。《皇清经解》中夹有父亲当年写的纸签,倒是珍贵之物,我小心地把纸签依次序取下,放在一个信封内。可是一转眼,信封又不知放到何处去了。

虽然得了一大块地盘,许多旧英文书得以舒展,心中仍觉不安,似乎卖书总不是读书人的本分事。及至读到《书太多了》(《读书》杂志一九八八年七月号)这篇文章,不觉精神大振。吕叔湘先生在文中介绍一篇英国散文《毁书》,那作者因书太多无法处理,用麻袋装了大批初版诗集,午夜沉之于泰晤士河,书既然可毁,卖又何妨!比起毁书,卖书要强多了。若是得半夜里鬼鬼祟祟跑到昆明湖去摆脱这些书,我们这些庸人怕只能老老实实缩在墙角,永世也不得出来了。

最近在一次会上得见吕先生,因说及受到的启发。吕先生笑说:"那文章有点讽刺意味,不是说毁去的是初版诗集么!"

253

可不是！初版诗集的意思是说那些是不必再版，经不起时间考验的无病呻吟，也许它们本不应得到出版的机会。对大家无用的书可毁，对一家无用的书可卖，自是天经地义。至于卖不出好价钱，也不是我管得了的。

如此想过，心安理得。整理了两天书，自觉辛苦，等疲劳去后，大概又要打新主意。那时可能真是迫于生计，不只为图地盘了。

一九八九年

乐书

多年以前,读过一首《四时读书乐》,现在只记得四句:"读书之乐乐何如? 绿满窗前草不除。""读书之乐乐无穷,瑶琴一曲来薰风。"这是春夏的情景,也是读书的乐境。"绿满窗前草不除"一句,是形容生机盎然的自由自在的情趣。"瑶琴一曲来薰风"一句,是形容炎炎夏日中书会给人一个清凉世界。这种乐境只有在读书时才会有。

作者写书总是把他这个人最有价值的一面放进书里,他在写书的时候,对自己已经进行了过滤。经常读书,接触的都是别人的精华。读书本身就是一件聪明的事,也是一件快乐的事。陶渊明说:"每有会意,便欣然忘食。"金圣叹读到《西厢记》"不瞅人待怎生"一句,感动得三日卧床不食不语。这都是读书的至高境界。这不只是书本身的力量,也需要读者的会心。

我不是一个做学问的读书人,读书缺少严谨的计划,常是兴之所至。虽然不够正规，也算和书打了几十年交道。我想，读书有一个"分—合—分"的过程。

"分"就是要把各种书区分开来，也就是要有一个选择的过程。现在书出得极多，有人形容，写书的比读书的还多，简直成了灾。我看见那些装帧精美的书，总想着又有几棵树冤枉地献身了。"开卷有益"可以说是一句完全过时的话，千万不要让那些假冒伪劣的"精神产品"侵蚀。即便是列入必读书目的，也要经过自己慎重选择。有些书评简直就是一种误导，名实不符者极多，名实相悖者也有。当然可读的书更多。总的说来，有的书可精读，有的书可泛读，有的书浏览一下即可。美国教授老温德告诉我，他常用一种"对角线读书法"，即从一页的左上角一眼看到右下角。这种读法对现在的横排本也很适用。不同的读法可以有不同的收获，最重要的是读好书，读那些经过时间圈点的书。

书经过区分，选好了，读时就要"合"。古人说"读书得间"，就是要在字里行间得到弦外之音、象外之旨，得到言语传达不尽的意思。朱熹说读书要"涵泳玩索，久之当自有见"，"涵泳"是在水中潜行，也就是说必须入水，与水相合，才能了解水，得到滋养润泽。王国维谈读书三境界，第三种境界是"蓦然回首，那人却在灯火阑珊处"，这种豁然贯通，便是一种会心。在那一刻间，读者必觉作者是他的代言人，想到他所不能想的，说了他所不会说不敢说的，三万六千毛孔都张开来，好不畅快。

古时有人自外面回家,有了很大变化,人们便议论,说他不是遇见了奇人,就是遇见了奇书。书对人的影响是非常大的。不过要使书真的为自己所用,就要从"合"中跳出来,再有一次"分",把书中的理和自己掌握的理参照而行。虽然自己的理不断受书中的理影响,却总能用自己的理去衡量、判断、实践。用现在的话说就是活学活用,用文一点的话说,就叫作"六经注我"。读书到这般地步,不只有乐,而且有成矣。

其实,这些都是废话,每个人有自己的读书法,平常读书不一定都想得那么多,随意翻阅也是一种快乐。我从小喜欢看书,所以得了一双高度近视眼。小时候家里人形容我一看书就要吃东西,一吃东西就要看书,可见不是个正襟危坐的学者,最多沾染了些书呆气,或美其名曰书卷气。因为从小在书堆中长大,磕头碰脑都是书,有一阵子很为其困扰,曾写了《恨书》《卖书》等文,颇引关注。后来把这些朋友都安排到妥当或不甚妥当的去处,却又觉得很为想念,眼皮子底下少了这一箱那一柜或索性乱堆着的书,确实失去了很多。原来走到房屋的每一个角落,都可以接触到各种宏论,感受到各种情感,这里那里还不时会冒出一个个小故事。虽然足不出户,书把我的生活从时空上都拓展了。因为思念,曾想写一篇《忆书》,也只是想想而已。近几年来眼疾发展,几乎不能视物,和书也久违了。幸好科学发达,经治疗后,忽然又看见了世界,也看见经过整顿后书柜里的书。我拿起几部特别喜爱的线装书抚摸着，一部《东坡乐府》，一部《李义山诗集》，一部《世说新语》。还有一部《温飞卿诗集》，字特别大，我随手翻到"捣麝成尘香不灭，拗莲作寸丝难绝"，不觉一惊——现在哪里还有这样的真诚和执着呢？

寒暑交替，我们的忙总无变化，忙着做各种有意义和无意义的事。我和老伴现在最大的快乐就是每晚在一起读书，其实是他念给我听。朋友们称赞他的声音厚实有力，我通过这声音得到书的内容，更觉得丰富。书房中有一副对联："把酒时看剑，焚香夜读书。"我们也焚香，不过不是龙涎香、鸡舌香，而是最普通的蚊香，以免蚊虫骚扰。古人焚香或也有这个用处？

四时读书乐，另两时记不得了。乃另诌了两句，曰："读书之乐何处寻？秋水文章不染尘。""读书之乐乐融融，冰雪聪明一卷中。"聊充结尾。

一九九九年八月上旬

时炎夏已渐去矣

有感于鲜花重放

《重放的鲜花》这书名,使人百感交集。

鲜花,本应盛开,开到如云似锦,喷火蒸霞,然后按照自然规律落入大地,化作春泥,更育来者。鲜花,而需要重放,这是多么沉痛的悲剧!为什么当时不能开个畅快呢?为什么被当作毒草刈去,还要备受折磨呢?为什么这种施之于鲜花的虐行能够通行无阻呢?无阻到后来,不要说鲜花,连一瓣小叶芽儿也要放在显微镜下检验毒性,只有落得个白茫茫大地真干净了。

每个花朵本身,完全可以宽宏地忘记一切不愉快,只记得重放的幸运。而从历史的角度看,难道不该把悲剧的原因仔细探讨,总结清楚,铭记心头,引为教训,以避免历史重演么?

因为有了重放的鲜花,不由人联想到是否还有应放未放的奇蕊,或还有应重放未重放的异葩。过去的总是过去了,总要攀住过去的不通达的人毕竟不多。最让人关心而且担心的是,将来还会不会有鲜花需要重放？若要让花朵盛开，必须有真正的创作自由，若要有创作自由，我想可能需要一种政治上的大度。这里且不说高度的民主，只说大度。要容忍那望之不似鲜花之物，还要容忍那望之竟似毒草之物。因为只有时间和人民，能够评定究竟何者为鲜花，何者为毒草，何者为渣滓——或什么也不是。这是老生常谈了。当然，我这里说的是艺术。一些海盗海淫根本算不得艺术的东西，不在此列。而在需要大度时，这种精神还是太少了。

政治上的大度来自以平等态度待人，来自从内心里承认人人平等，在真理面前人人平等，在艺术、学术面前人人平等，在国法党纪面前人人平等。可怜这一简单真理，我们讨论了几十年！我想，现在完全有理由希望把它付诸实现，不再需要几十年了。

我希望以后的鲜花都能及时盛开，不需重放。希望重放的鲜花永远成为中国当代文学史上稀有的奇迹。奇迹是不需要重复的，鲜花重放，一次足矣。

一九八五年九月十二日于风庐

《野葫芦引》后记五篇

《南渡记》后记

这两年的日子是在挣扎中度过的。

一个只能向病余讨生活的人，又从无倚马之才、如椽之笔，立志写这部长篇小说《野葫芦引》，实乃自不量力，只该在挣扎中度日。

挣扎主要是在"野葫芦"与现实世界之间。写东西需要全神贯注，最好沉浸在"野葫芦"中，忘记现实世界。这是大实话，却不容易做到。我可以尽量压缩生活内容，却不能不尽上奉高堂、下抚后代之责。又因文思迟钝，长时期处于创作状态，实吃不消，有时一歇许久。这样，总是从"野葫芦"中给拉出来，常感被分割之痛苦，惶惑不安。总觉得对不起那一段历史，对不起书中人物；又因专注书中人物而忽略了现实人物,疏亲慢友,心不在焉,许多事处理不当,亦感歉疚。两年间,很少有怡悦自得的时候。

别的挣扎不必说了,要说的是:我深深感谢关心这部书、热情相助的父执、亲友,若无他们的宝贵指点,这段历史仍是在孩童的眼光中,不可能清晰起来。也深深感谢我所在单位中国社会科学院外国文学研究所的理解和支持,否则,还不知要增加多少挣扎。

小说第一、二章以"方壶流萤""泪洒方壶"为题在《人民文学》一九八七年五、六月号连续发表。当时为这部小说拟名为《双城鸿雪记》,不少朋友不喜此名,因改为《野葫芦引》。这是最初构思此书时想到的题目。事情常常绕个圈又回来。葫芦里不知装的什么药,何况是野葫芦,更何况不过是"引"。

又一年年尽岁除,《野葫芦引》第一卷《南渡记》终于有了个稿子。不过想到才只完成四分之一,这四分之一也许竟是浪费纸张和编者、读者精力的祸端,又不免沉重。

不管怎样,只能继续挣扎上前。

一九八七年十二月二十六日

《东藏记》后记

在蝉声聒噪中,《东藏记》终于脱稿。

262

《东藏记》是《野葫芦引》的第二卷。写作的时间拖得太长了,差不多有七年之久,实际上是停的时间多,写的时间少。至于书中人物在我头脑中活动的时间,就无法算计了。一九八八年,《野葫芦引》第一卷《南渡记》问世以后,我全部的精力用于侍奉老父,可是用尽心力也无法阻挡死别。一九九〇年父亲去世,接着来的是我自己一场重病。记得一九九一年下半年,写《三松堂断忆》时,还是十分不支。一九九三年先试着写了几个短篇,下半年开始写《东藏记》。一九九五年发表了第一、二章(载《收获》一九九五年第三期),一九九六年写了第三、四章,一九九七年又是一场病,直到现在病魔也没有完全放过我。但是我且战且行,写写停停,停停写写,终于完成了这部书。

　　从一九九六年起,目疾逐渐加重,做过几次手术。现在虽未失明,却不能阅读,这两年写作全凭口授。再加上疾病的袭击,外界的干扰,我几次觉得自己已无力继续,但又不能甘心。亲友们分为两派,一派从我的健康出发,劝我搁笔。一派偏爱《南渡记》,认为不写完太可惜。他们说:"你不能停,写下去是你的责任。"

　　是的,写下去是我的责任。

　　我写得很苦,实在很不潇洒。但即使写得泪流满面,内心总有一种创造的快乐。我与病痛和干扰周旋,有时能写,有时不能写,却总没有离开书中人物。一点一滴,一字一句,终于酿成了野葫芦中的一瓢汁液。

在写作的过程中,曾和许多抗战时在昆明的亲友谈话,是他们热心地提供了花粉。他们中有些长者已经离去。我对他们深怀感谢。我希望,我所酿造的可以对得起花粉,对得起那段历史。我也参考一些史料,当然我写的不是历史而是小说,虽然人物的命运离不开客观环境,毕竟是"真事隐去"的"假语村言"。我还是那句话,小说只不过是小说。

近年来,外子蔡仲德是我任何文字的第一读者。堂姐冯钟芸教授曾读过全部《南渡记》原稿,又读了《东藏记》前五章,细心地提出意见。本书的责任编辑人民文学出版社杨柳女士以极大的关心和耐心守候着这部书,这样的编辑不多见了。

记得写《南渡记》后记时是在严冬,现在正值酷暑。此卷虽完,还有《西征记》《北归记》,也许还有别的什么记,不知又需要多少酷暑严冬。路还长着呢,只不知命有多长。

二〇〇〇年七月二十四日

距第六个本命年生辰前二日,时荷花盛开

《西征记》后记

二〇〇一年春,《东藏记》出版后,我开始写《西征记》。在心中描画了几个月,总觉得很虚。到秋天一场大祸临头,便把它放下了。

夫君蔡仲德那年九月底患病,我们经过两年多的奋战,还是没有能留住他。二〇〇四年春,仲德到火星去了。

仲德曾说,他退休了就帮我写作。我们有一张同坐在电脑前的照片——两个白发老人沉浸在创造的世界里。这张照片记录了我们短暂的文字合作。它成为一个梦,一个永远逝去的梦。

二〇〇五年下半年,我又开始"西征",在天地之间,踽踽独行。经过了书里书外的大小事件,我没有后退。写这一卷书,最大的困难是写战争。我经历过战争的灾难,但没有亲身打过仗。凭借材料,不会写成报道吗?

困惑之余,澹台玮、孟灵已年轻的身影给了我启发。材料是死的,而人是活的。用人物统领材料,将材料化解,再抟再炼再调和,就会产生新东西。掌握炼丹真火的是人物,而不是事件。书中人物的喜怒哀乐烛照全书,一切就会活起来了。我不知道自己能做到什么程度,只有诚心诚意地拜托书中人物。他们已伴我二十余年,是老朋友了。

我惊讶地发现,这些老朋友很奇怪,随着书的发展,他们越来越独立,长成的模样有些竟不是我原来设计的。可以说是我的笔随着人物而走,而不是人物随着我的笔走。当然,并不是所有的人物都这样,也只在一定程度内。最初写《南渡记》时,我为人物写小传。后来因自己不能写字,只在心中默记。人物似乎胆大起来,照他们自己的意思行事。他们总是越长越好,不容易学坏。想想很有趣。

《西征记》有一个书外总提调,就是我的胞兄冯钟辽。一九四三年,他是西南联大机械系二年级学生,志愿参加远征军,任翻译官。如果没有他的亲身经历和不厌其烦的讲述,我写不出《西征记》这本书。

另外,我访问了不止一位从军学子和军界有关人士,感谢他们从不同的角度给予我许多故事和感受。有时个人的认识实在只是表面,需要磨砖对缝,才能和历史接头。

一九八八年,我独自到腾冲去,想看看那里的人和自然,没有计划向陌生人采访,只是看看。人说宗璞代书中角色奔赴滇西。我去了国殇墓园,看见一眼望不到头的墓碑,不禁悲从中来,在那里哭了一场。在滇西大战中英勇抗争的中华儿女,正是这本书的主要创造者,他们的英灵在那里流连。"驱敌寇半壁江山囫囵挑,扫狼烟满地萧索春回照,泱泱大国升地表。"《西征记》结尾这几句词,正是我希望表现的一种整体精神。我似乎在腾冲的山水间看见了。

二十年后,我才完成这本书。也是对历史的一个交代。

如果我能再做旅行,我会把又是火山又是温泉的自然环境融进去,把奇丽特异的民俗再多写些。也许那是太贪心了。完成的工作总会有遗憾的。

仲德从来是我的第一读者，现在我怎样能把文稿交到他的手里呢？有那一段经历的人有些已谢世，堂姐冯钟芸永不能再为我看稿。存者也大都老迈，目力欠佳。我忽然悟到一个道理，书更多是给后来人看的。希望他们能够看明白，做书中人的朋友。当然，这要看书中人自己是否有生命力，在时间的长河中，能漂流多久。

必须着重感谢的仍是责编杨柳，她不只是《野葫芦引》的责编，现在还是我其他作品的第一读者，不断给我有益的意见和帮助。如果没有她，还不知更有多少困难。

《南渡记》脱稿在严冬。《东藏记》成书在酷暑。《西征记》今年夏天已经完成全貌，到现在也不知是第几遍文稿了。但仍一段一段、一句一句增添或减去。我太笨了，只能用这种滚雪球的方式。我有时下决心，再不想它了，但很快又冒出新的意思，刹不住车。这本书终于慢慢丰满光亮起来（相对它最初的面貌而言），成为现在的《西征记》。时为二〇〇八年十二月冬至前二日。

待到春天来临，我将转向"北归"。那又会是怎样的旅程？

二〇〇八年十二月三十一日

267

《北归记》后记

这一部书完全是在和疾病斗争中完成的。尤其是写后一半时，我已患过一次脑溢血。走到忘川旁边，小鬼一不留神，我又回来了。上天垂怜，我没有痴呆。虽然淹缠病榻，还是躺一会儿，坐一会儿，写一会儿，每天写作的时间很少。

我时常和责任编辑、我三十多年来的老战友杨柳讨论，杨柳对我已经退化的智力时予提携。又有联大附中老同学、少年儿童出版社编审段成鹏提意见，终于完成了《北归记》。

我有些高兴，但仍不轻松。南渡，东藏，西征，北归，人们回到了故土，却没有找到昔日的旧家园。

生活在继续，我也必须继续，希望上天留给我足够的时间，完成这个继续。

请看下一部《接引葫芦》。

二〇一七年十一月

小雪前一日，多次重读文稿后

全书后记

冯友兰说:"人必须说了许多话,然后归于缄默。"我现在是归于缄默的时候了,但是要做两种告别。

一是告别我经过的和我写的时代。父母亲把孩子养大,好像重新活了一次,写一部书也是重新活了一次。因为不是自传,所以更难。本来,《野葫芦引》全书计划为四部,但写完《北归记》,觉得时代的大转折并没有完,人物命运的大转折也没有完。所以,还有一部《接引葫芦》,《接引葫芦》和《野葫芦引》是一个整体。

二是告别书中的人物,他们都是我熟悉的人,但又是完全崭新的人,是我"再抟再炼再调和"创作出来的人。我把自己的生命送给了他们,我不知道我的贞元之气能不能让他们活起来、活多久,可是我尽力了。

在这部书里,我写了三代人,分布在各个学科。是我的长辈、准兄弟姊妹和朋友们告诉我许多生活经验,并各方面的知识。我就像一只工蜂,是大家的心血让我酿出蜜来。感谢所有帮助过我的人。书其实是大家的,感谢是说不尽的。

还要感谢亲爱的读者,他们告诉我,他们和书一起长大。他们鼓励我,加油!加油!我觉得自己像被拥拖着,可以不断向前。希望所有的人,书中的、书外的,都快乐地勇敢地活下去。

百年来,中国人一直在十字路口奋斗。一直以为进步了,其实是绕了一个圈。需要奋斗的事还很多,要走的路还很长。而我,要告别了。

二〇一七年九月十四日初稿成
二〇一七年十二月十二日改定
二〇一八年五月十四日最终改定

《我画苹果树》　　　铁　凝　著

《雨霖霖》　　　　　何士光　著

《高寿的乡村》　　　阎连科　著

《看遍人生风景》　　周大新　著

《大姐的婚事》　　　刘庆邦　著

《我以虚妄为业》　　鲁　敏　著

《在家者说》　　　　史铁生　著

《枕黄记》　　　　　林　白　著

《走神》　　　　　　乔　叶　著

《别用假嗓子说话》　徐则臣　著

《为语言招魂》　　　韩少功　著

《梦与醉》　　　　　梁晓声　著

《艺术的密码》　　　残　雪　著

《重来》　　　　　　刘醒龙　著

《游踪记》　　　　　邱华栋　著

《李白自天而降》　　张　炜　著

《推开众妙之门》　　张　宇　著

《佛像前的沉吟》　　　　二月河　著

《宽阔的台阶》　　　　　刘心武　著

《永远的阿赫玛托娃》　　叶兆言　著

《鸟与梦飞行》　　　　　墨　白　著

《和云的亲密接触》　　　南　丁　著

《我的后悔录》　　　　　陈希我　著

《打败时间的不只是苹果》须一瓜　著

《山上的鱼》　　　　　　王祥夫　著

《书之书》　　　　　　　张抗抗　著

《我觉得自己更像个

　　　卑劣的小人》　　　韩石山　著

《未选择的路》　　　　　宁　肯　著

《颜值这回事》　　　　　裘山山　著

《纯真的担忧》　　　　　骆以军　著

《初夏手记》　　　　　　吕　新　著

《他就在那儿》　　　　　孙惠芬　著

《总有人会让你想起》　　肖复兴　著

《我们内心的尴尬》　　　东　西　著

《物质女人》　　　　　　邵　丽　著

《愿白鹿长驻此原》　　　陈忠实　著

《旅馆里发生了什么》　　王安忆　著

《拜访狼巢》　　　　　　方　方　著

《出入山河》　　　　　　李　锐　著

《青梅》　　　　　　　　蒋　韵　著

《写给北中原的情书》　　李佩甫　著

《星斗其文，赤子其人》　汪曾祺　著

《熟悉的陌生人》　　　　李　洱　著

《一唱三叹》　　　　　　葛水平　著

《泡沫集》　　　　　　　张　欣　著

《写给母亲》　　　　　　贾平凹　著

《无论那是盛宴还是残局》弋　舟　著

《已过万重山》　　　　　周瑄璞　著

《众生》　　　　　　　　金仁顺　著

《如果爱，如果不爱》　　阿　袁　著

《故事与事故》　　　　　蒋子龙　著

《回头我就变了一根浮木》潘国灵　著

《三生有幸》　　　　　　北　乔　著

《我的热河趣事》　　　　何　申　著

《天才的背影》　　　　　陈　彦　著

《我的小井》　　　　　　乔典运　著

《那张脸就是黄土高原》　红　柯　著

《遇见》　　　　　　　　石钟山　著

《扔掉名字》　　　　　　宗　璞　著

（以出版时间先后排序）

图书在版编目（CIP）数据

扔掉名字／宗璞著. --郑州:河南文艺出版社,2023.9
（小说家的散文）
ISBN 978-7-5559-1563-8

Ⅰ.①扔… Ⅱ.①宗… Ⅲ.①散文集-中国-当代 Ⅳ.①
I267

中国国家版本馆 CIP 数据核字（2023）第 133078 号

选题策划　陈　静
编　　选　杨　柳
责任编辑　肖　泓
书籍设计　刘婉君
责任校对　赵红宙

出版发行　河南文艺出版社
本社地址　郑州市郑东新区祥盛街 27 号 C 座 5 楼
承印单位　河南瑞之光印刷股份有限公司
经销单位　新华书店
开　　本　787 毫米×1092 毫米　1/32
印　　张　9
字　　数　174 000
版　　次　2023 年 9 月第 1 版
印　　次　2023 年 9 月第 1 次印刷
定　　价　45.00 元

印厂地址　河南省武陟县产业集聚区东区（詹店镇）泰安路
邮政编码　454950　　电话　0371-63956290